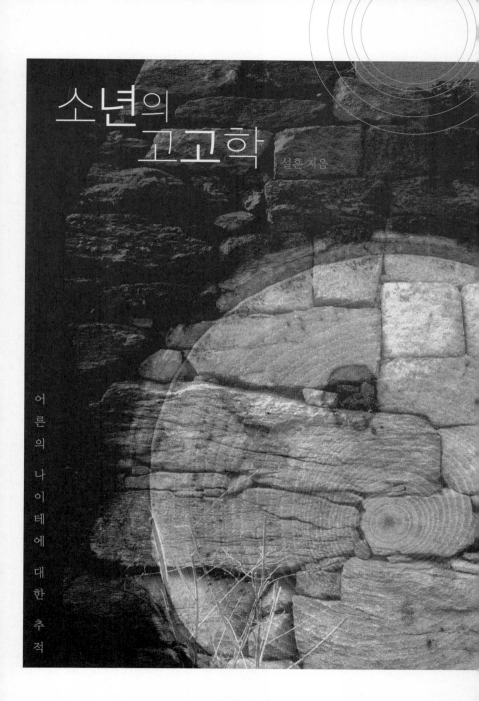

소년의 고고학

설흔 지음

어른의 나이테에 대한 추적

생각과느낌

차례

학교
에서

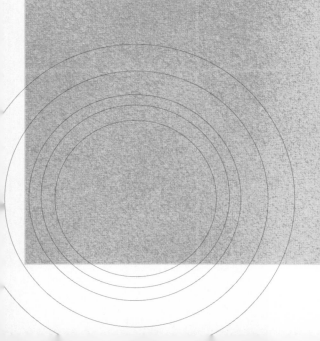

1/ 허들

허들hurdle : 육상 경기의 장애물 달리기에 쓰는 목제 또는 금속제의 패널.(표준국어대사전, 이하 동일)

검은 소파에 누워 오에 겐자부로의 소설을 읽던 K°는 흰 천장을 보며 방금 읽은 문장 하나를 중모리장단의 속도로 외워 본다.

연령이 테마인 가장무도회에서 '소년'으로 분장한 노인 같았다.°°

오에 겐자부로가 쓰긴 했으나 온전히 그의 것은 아니다. 오에 겐자부로는 에드워드 W. 사이드(의 『말년의 양식에 관하여』)에게서 가져왔고, 에드워드 W. 사이드는 토머스 하디(의 『이름 없는 주드』)에게서 가져왔다. 혹 K가 사이드며 하디를 읽었다고 오해하지는 마시기를. 이류 소설가의 인문적 소양이 전

....
° 　K는 내 오랜 벗이었다.
°° 　오에 겐자부로가 쓰고 박유하가 옮긴 『아름다운 애너벨 리 싸늘하게 죽다』(문학동네)에서 인용했다.

문가 뺨친다고 혀를 내두르며 설레발놓지 마시기를. K는 그저 오에 겐자부로의 소설에 적혀 있는 내용을 그대로 옮겨 적었을 뿐이니. 이류 소설가가 되었건, 인문학 전문가가 되었건 간에 잊지 말아야 할 것은 오직 하나, 하나의 문장에 마음이 덜컥 움직였으니 독서를 계속하기는 힘들어졌다는 것. 더 읽기 위해선, 마음부터 달래야 한다. 자기 문장도 아닌 문장에 크게 흔들린 마음을 어르고 달래야만 다음 장으로 넘어갈 수 있다. K는 힘겹게 몸을 일으켜 커피를 약처럼 조제해 마신다. 처방전 없는 약도 때론 효과가 있다. 위약 효과건, 뭐건 간에 붉은 커피잔 속에서 단어 하나가 네스 호의 괴물처럼 쑥 떠오른다. 허들이다.

○

"허들은 달리면서 살짝 넘는 것이지 폴짝 뛰어넘는 게 아니다. 알았나?"

알았나, 라는 질문에는 무조건 네, 라고 답해야 했다. 선생은 고개를 짧게 끄덕이곤 허들을 향해 달렸다. 선생의 시범을 보고서야 말의 뜻을 알았다. 선생은 허들을 스치듯 빠르게 넘었다. 쭉 뻗

9

은 오른발의 각도는 선생의 뾰족한 턱만큼이나 날카로웠다. K는 속으로 감탄했다. 절도 있는 동작의 아름다움에 찬탄했고, 출렁이는 근육의 강인함에 혀를 내둘렀다. 무릎에 힘을 주곤 자신도 선생처럼 힘차고 절도 있게 허들을 넘으리라 다짐했다. 아이들이 하나둘 허들을 넘었다. 선생은 고개를 끄덕이거나 목소리를 높여 감상평을 날렸다. 물론 후자의 경우가 배는 많았다. K의 차례가 되었다. K는 절도, 근육, 각도 등을 생각하며 있는 힘껏 허들을 향해 달렸다. 허들은 생각보다 높았다. K는 선생의 동작 따위는 다 잊고 폴짝 뛰었다. 선생의 힐난이 곧바로 뒤따랐다. 제자리로 돌아오는 도중에 피식 웃음이 나왔다. 왜 메뚜기도 아닌데 메뚜기처럼 폴짝 뛴 것일까? 그래서 히히 웃었다. 선생의 목소리가 들렸다.

"지금 장난하나?"

장난은 절대 아니었다고 변명할 틈도 없었다. 운동장을 돌라는 선생의 명령이 곧바로 이어졌으니. K는 네, 라고 답하곤 운동장을 돌았다. 선생의 명령은 부당했다. K는 스스로를 향해 히히거린 것이지 허들 넘기를 우습게 여겨 웃은 게 아니었다. 선생은 K의 웃음을 오해했다. 허들에 대한 비하로 여겼다. K는 선생이 착각할 수도 있었겠다고 너그럽게 생각하기로 했다. 어찌 되었건 선생의

동작은 육상 선수처럼 아름다웠고 자신의 동작은 놀란 메뚜기 같
았으니. 한 바퀴를 돌곤 선생 앞에 섰다. 선생은 말없이 검지를 왼
쪽으로 휙 움직였다. 더 돌란 뜻이었다. K는 이번에는 네, 라고 답
하지 않고 운동장을 돌았다. 첫 바퀴를 돌 때의 너그러움은 사라
지고 분노가 찾아왔다. 한 바퀴는 승복할 수 있었다. 그러나 두 바
퀴? 그건 아니었다. 선생은 K의 마음을 제대로 읽지 못했을 뿐만
아니라 문제아 취급하고 있었다. 반에서 공부도 제일 잘하는 K
를! 수업 시간에 대답도 제일 잘하는 K를! 담임의 사랑을 한 몸에
받는 K를! 두 바퀴를 다 돌고는 선생을 보았다. 선생의 시선은 허
들을 넘는 아이들에게 가 있었다. 그렇지, 하며 박수치는 소리가
들렸다. K는 박수 소리에 잠깐 주춤했다 다시 달렸다. 어느덧 세
바퀴째였지만 하나도 힘이 들지는 않았다. 그도 그럴 것이 이제
K는 다리로 달리고 있는 게 아니라 분노를 연료 삼아 달리고 있
었기 때문이다. 세 바퀴를 다 돌았을 때도 선생의 시선은 아이들
에게 가 있었다. K는 이를 악물고는 선생의 등 뒤를 지나쳐 달렸
다. 눈물이 나왔다. K의 인생에 오늘 같은 수모는 일찍이 없었다.
한 바퀴를 더 돌고 나니 눈물이 쏙 들어갔다. 대신 웃음이 나왔다.
K는 울다 웃는 자신이 꼭 코미디의 주인공 같다고 생각했다. 그
래서 아예 웃으면서 운동장을 달렸다.

11

선생이 K를 부른 건 여덟 바퀴 내지 아홉 바퀴를 돌았을 때였던 것 같다. 아니, 불렀다는 말은 정확치 않다. 선생은 깜짝 놀란 표정을 지으며 외쳤다.

"너 지금 뭐하는 거야?"

분노도 웃음도 소진된 지 오래라 무척 힘이 들었지만 K는 멈추지 않았다. 제자리에서 뛰면서 선생의 질문에 답했다.

"운동장을 돌고 있는데요."

선생은 K를 노려보며 말했다.

"너 지금 반항하는 거야?"

반항이라니? 모범생 중의 모범생인 K는 선생의 말을 이해할 수 없었다. 그래서 제자리 뛰기를 계속하며 답했다.

"선생님이 운동장을 돌라고……."

"이노무 새끼가."

선생의 발길질이 K의 답변을 중단시켰다. 이소룡 뺨칠 만한 멋진 동작으로 K의 종아리를 걷어찬 선생은 팔 굽혀 펴기를 명령했다. K는 제자리에서 뛰면서 고개를 저었다. 선생의 주먹이 K의 머리를 쥐어박았다.

"이 새끼가 정말."

K는 아픈 머리를 감싸 쥐는 대신 채 마치지 못한 대답을 내놓

왔다.

"선생님이 운동장을 돌라고 하셨잖아요. 그만하라고 안 하셨잖아요."

선생은 기가 막힌다는 듯 허, 하고 짧게 웃었다. 그러곤 빈정거리듯 말했다.

"알았다, 이 똘아이 새끼야. 운동장 그만 돌고 팔 굽혀 펴기 해라. 수업 끝날 때까지."

선생은 K의 옆에 서서 K가 팔 굽혀 펴기를 하는 것을 지켜보았다. 다행히 수업 시간은 얼마 남지 않았다. 종소리가 울리자 선생은 K에게 일어서라 말하고는 얼굴을 빤히 쳐다보았다. 고개를 서너 번 가로젓고는 우아하게 걸어 체육실 안으로 사라졌다. 선생이 사라진 뒤 K는 울었다. 일곱 살 아이처럼 서럽고 꼴사납게 있는 소리 없는 소리 다 짜내어 울었다. 몇몇 아이는 위로했고, 몇몇 아이는 모른 체했다. 남은 울음과 함께 터덜터덜 교실로 향하는데 아이 하나가 다가와 어깨를 어루만지며 물었다.

"왜 그랬어?"

모범생 중의 모범생인 K는 그 질문을 이해하지 못했다. 그래서 아무 말도 하지 않고 아이의 얼굴만 보았다. 씩 웃는 아이의 얼굴이 갑자기 늙어 보였다. 꼭 팔십 노인처럼 늙고 진부해 보였다. K

13

는 소맷부리로 눈물을 닦은 뒤 바닥에 침을 뱉고는 아이에게 말했다.

"저리 꺼져."

후일담, 그러니까 학년이 바뀌고, 체육 선생도 다른 선생으로 바뀐 후의 이야기. 어느 날인가 체육 수업을 하러 운동장에 나가 보니 한쪽에 허들이 있었다. 넘고 싶었다. 그래서 넘었다. 폴짝 뛰어넘지 않고 달려서 살짝 넘었다. 어디선가 선생이 나타나 박수를 쳤다.

"잘 넘는데."

빈정대는 말투는 아니었다. 순수하고 완전한 칭찬이었다. K는 선생이 자신과의 일을 기억하지 못한다는 사실을 깨달았다. 이제 더 이상 순진한 소년이 아닌 K는 씩 웃으며 대답했다.

"허들은 달리면서 살짝 넘는 거니까요."

2/ 불심 검문

불심 검문不審檢問 : 경찰관이, 수상한 거동을 하거나 죄를 범하였거나 범하려고 하여 의심받을 만한 사람을 정지시켜 질문하는 일. 주로 범인 체포, 범죄 예방, 정보 수집 등을 목적으로 행한다.

독서실을 나온 K는 배를 움켜쥐고 천천히 밤길을 걸었다. 통증은 날카로우면서도 묵직했다. 보이지 않는 적은 왼손엔 바늘을, 오른손엔 망치를 들고 달려들었다. 바늘로 콕콕 찔러 식겁하게 만든 후 망치로 툭툭 두들겨 무지근함을 덤으로 선사했다. 왼손과 오른손을 고루 사용하는 시간차 공격에 K는 어떻게 대처했던가? 그저 배를 움켜쥐었을 뿐이었다. 어차피 이길 수 없는 적이기에 단속적으로 끙끙 소리만 내었을 뿐이었다. 그래도 K에게 단하나의 위안도 없는 것은 아니었다. K는 통증이 사라질 때를 정확히 알았다. 다음 날 오후면 통증은 봄눈보다 더 빠르게 사라질 것이다. 날카로운 첫 키스만 남기고 떠난 여인처럼 뒤도 한 번 돌아보지 않고 흔쾌히 사라질 것이다. 다음 날은 중간고사가 끝나는 날이었다.

15

"너, 거기 서!"

경박한 목소리가 골목에 울려 퍼졌다. K는 '거기 서'지 않았다. 열두 시를 훌쩍 넘긴 시각이었다. 길엔 아무도 없었다. 그 시각에 K에게 거기 서, 라고 말할 사람은 불량배 말고는 없었다. K의 집은 대략 백 미터 전방 지점에 위치했다. 후다닥 달리면 승산이 있을 것도 같았다. 물론 그건 K의 착각이었다. 때 맞춰 찾아온 격심한 통증 때문에 K는 달리기는커녕 제대로 걸을 수도 없었다. 목소리의 주인공이 다가와 손목을 꽉 잡았다. 고개를 살짝 들고 상대를 보았다. 제복이 보였다. 경찰이었다. 잠깐 안심이 되었다가 이내 불안해졌다. 불량배도 아닌 경찰이 도대체 왜 학생인 K에게 거기 서, 라 명령하고 손목을 꽉 잡고 있는 걸까? 경찰은 K의 손목을 잡은 채로 이름을 물었다. 타고난 모범생이라 웬만하면 묻는 말엔 충실히 답하는 K였지만 이번엔 그러고 싶지 않았다. 굳이 공자님을 들먹이지 않더라도 문답엔 예의가 필요한 법이다. 손목을 놓을 생각은 하지도 않고 이유도 밝히지 않고 대뜸 이름부터 묻는 건 못 배운 자들이나 할 짓이었다. 또 다시 찾아온 통증 또한 K의 기분을 더 상하게 만들었다. 예의의 부재와 반복된 통증에 짜증이 난 K는 그래서 "왜요?"라고 되물었다.

"왜요?"

경찰은 K가 한 질문을 반복했다. 똑같지는 않았다. K의 그것은 짧고 날카로웠으나 경찰의 그것은 느리고 걸쭉했다. 경찰은 K의 손목을 잡은 손에 힘을 주며 역정을 냈다.

"경찰이 묻는데 대답하는 꼬락서니하곤. 이름이 뭐냐고 묻잖아?"

어차피 남들이 부르라고 있는 이름이니 까짓것 알려주면 그만이었다. 그러나 사람의 마음이 묘해서 자꾸 물으니 이상하게 더 알려주고 싶지가 않았다. 게다가 K는 조금 겁이 나기도 했다. 상대는 경찰이었다. '이름'을 알려주면 그 이름을 가지고 협박이나 해코지를 할지도 모르는 일이었다.

"전 학생이에요. 고등학생. 독서실 갔다 집에 가는 거라고요."

K는 '이름'만 빼고 자신의 정보를 거의 다 공개했다. 경찰은 답례로 K의 손목을 놓고는 배를 한 대 쳤다. 경찰의 주먹은 바늘보다 날카롭고 망치보다 묵직했다. 비명을 속으로 삼킨 K가 바닥에 털썩 주저앉자 경찰은 다시 손목을 잡았다.

"말로 해선 안 되겠군. 가자."

경찰은 K를 일으킨 후 K의 집과는 정반대 방향으로 걸어갔다. K는 끌려가기 싫어서 온갖 수단을 다 꺼내서 썼다. 경찰이 그토록 알기 원했던 이름도 말했고, 다음 날이 시험이라 빨리 자야 한

17

다는 부가적인 사실도 밝혔다. 마지막엔 경찰이 학생에게 이래도 되는 거냐고 소리 지르며 발악도 했다. 소용없었다. 경찰은 잠깐 걸음을 멈추곤 K의 얼굴에 주먹을 들이밀었다. 주먹의 크기에 가슴이 뜨끔해진 K는 입 다물고 조용히 경찰에게 끌려갔다.

K가 도착한 곳은 파출소였다. 신문을 읽던 경찰이 잠깐 호기심을 보이며 물었다.

"뭐야?"

K를 끌고 간 경찰은 의자에 K를 앉힌 후 자신은 다시 밖으로 나가며 대답했다.

"그냥 좀 됐다 보내."

그래서일까, 파출소 안에 있던 서너 명의 경찰은 K의 이름과 끌려온 이유 같은 것들을 일절 묻지 않았다. K가 투명 인간이라도 되는 양 자신들이 하던 일 같지도 않은 일에 몰두하고 있을 뿐이었다. 그제야 정말로 두려워진 K는 자신을 끌고 왔던 경찰에게 했던 말, 그러니까 자신의 이름과 신분, 다음 날이 시험이라는 사실까지 줄줄이 뱉어 냈다. 그것들이 먹히지 않자 남자의 마지막 수단까지 동원했다. 그건 바로 눈물이었다. K는 엉엉 울면서 잘못했으니 보내 달라고, 중간고사는 정말로 중요한 시험이니 어서 보내 달라고 말했다. 효과가 있었다. 통화를 하던 경찰 한 명이 전화를 끊고는 K를 향해 손가락을 까딱했다. K는 의자에서 튕기듯 일어나 그 경찰에게로 갔다. 경찰은 K를 위아래로 훑고는 입을 열었다.

"소년이로학난성이야, 이 새끼야. 알아들었으면 튀어 나가."

K는 고맙습니다, 라고 재빨리 말하곤 파출소를 튀어 나갔다.

K가 소년이로학난성少年易老學難成의 의미를 알게 된 건 며칠 후였다. 정년을 앞둔 국어 선생은 K에게 그것은 주자의 「권학문」에 나오는 시의 첫 구절로, 소년은 금방 늙고 학문을 이루긴 몹시 어렵다는 뜻이라고 설명해 주었다.

'소년이로학난성'의 참혹한 기억을 다시 떠올리게 한 건 두목杜牧의 한시 한 편이다. <조행早行>이라는 제목의 한시는 다음과 같이 끝이 난다.

아이야, 길 험하다 말하지 말거라.

시절 태평하고 길도 평안하지 않느냐?°

° 심경호가 쓴 「한시의 성좌」(돌베개)에서 인용했다.

해설자는 이 구절의 의미를 이렇게 말하고 있다. "길 가는 이는 애써 시절이 태평하고 길도 평안하다고 위로하지만, 여정은 고달 프기 짝이 없다."

K는 갑자기 배를 움켜쥔다. 오랫동안 잊고 살았던 날카롭고 묵직한 통증이 갑작스레 다시 찾아왔기 때문이다. K는 아프면서도 난감하다. '태평성세'를 사는 K에게 도대체 웬 통증이란 말인가? '평탄 시절'에 찾아온 이 통증은 도대체 어떤 방법으로 없앨 수 있단 말인가? 어른인 K에게 치러야 할 중간고사는 더 이상 없다. 중간고사가 없으니 통증이 사라질 날이 언제인지 도무지 짐작도 할 수 없다. 빌어야 할 신조차도 갖고 있지 못한 K는 그저 차선책 삼아 화장실로 기어들어 갈 뿐이다.

3/ 광장

광장廣場 : 1) 많은 사람이 모일 수 있게 거리에 만들어 놓은, 넓은 빈터.
　　　　　 2) 여러 사람이 뜻을 같이하여 만나거나 모일 수 있는 자리를 비유적으로 이르는 말.

전화가 걸려 왔을 때 K는 토마스 베른하르트의 소설을 읽고 있었다. 아니, 읽고 있었다는 표현은 사실과 다르다. 읽은 구절을 음미하기 위해 읽기를 잠시 중단했던 차였으니까.

국가는, 아이는 국가의 아이이다, 라고 생각한다. 그리고 그에 맞게 아이를 다루며, 수백 년 전부터 해 온 파괴적인 행위를 한다.°

문장을 막 음미하기 시작했으므로 전화를 받지 않았다. 게다가 이른 아침이었다. 반백수나 다름없는 K에게 아침부터 긴급한 용건으로 전화를 걸어 올 사람은 '거의' 없었다. 고객 여러분으로 시작하는 이동 통신 업체의 보이스 메일일 가능성이 99퍼센트라

....
° 　토마스 베른하르트가 쓰고 김연순 등이 옮긴 『옛 거장들』(필로소픽)에서 인용했다.

는 이야기다. 그래서 K는 전화를 받는 대신 베른하르트가 준 선물을 입에 넣고 굴렸다. 어린애 사탕 먹듯 굴리고 굴려 단맛 쓴맛 다 음미한 후에야 꿀꺽 삼키곤 천천히 몸을 일으켜 휴대 전화를 들었다. 발신자의 이름을 확인한 순간 K는 깜짝 놀랐다. 전화를 건 사람은 J였다. 그게 왜 놀랄 일인가 하면 베른하르트가 쓴 구절을 읽으면서 함께 떠올린 이름이 바로 J였기 때문이다. 책장 위로 J의 이름이 떠오르자 책을 덮고 그 구절을 본격적으로 음미하기 시작했던 것. 반갑고 신기한 마음에 곧바로 J에게 전화를 걸려다 생각을 바꾸었다. J의 전화는 오래된 기억 하나를 수면 위로 떠오르게 만들었다. 기억은 자신부터 처리해 달라고 아우성을 쳤고, 그 요란스러우면서도 당당한 요구는 K의 생각에도 일리가 있었다. K는 베란다로 갔다. 베란다 창유리에 머리를 기대고 눈을 감았다. 유리는 차가웠다. 그리고 날카로웠다.

◎

유리는 차가웠다. 그리고 날카로웠다. 유리 파편을 쥔 손가락에서 피가 조금 났다. 그러나 그깟 피 한두 방울에 신경 쓸 상황이 아니었다. K는 유리 파편을 바닥에 집어 던지고는 온 힘을 다

해 소리를 질렀다.

"그만두지 못해?"

알루미늄 야구 방망이를 들고 교실 안 유리창을 부수던 녀석이 동작을 멈추었다. 교실이 갑자기 조용해졌다. 팽팽한 적막에 K는 자신도 모르게 몸을 움츠렸다. K보다 키가 한 뼘은 더 큰 녀석은 유리 파편들을 피해 야구 방망이를 조심스럽게 바닥에 내려놓았다. 야구 방망이가 움직임을 완전히 멈춘 걸 확인하곤 K를 향해 다가왔다. 녀석은 주먹으로 K의 머리를 툭툭 두드리며 물었다.

"니가 뭔데?"

"난……반장이다."

"반장?"

K의 머리를 툭툭 두드리던 주먹이 멈추었다. 잠시 멈춘 주먹은 움직일 때보다 더 위협적이었다. K도 주먹을 움켜쥐었다. 물론 K의 움켜쥔 주먹은 바지 옆선을 잠시도 떠나지 않았다. 녀석은 깊은 한숨을 내뱉곤 K의 왼쪽에 있는 책상 위에 걸터앉았다. 그러고는 다시 물었다.

"그래서?"

K는 녀석과 K 말고는 아무도 없는 교실, 난장판이 된 교실을 바라보며 입술을 깨물었다. 처음부터 그랬던 것은 아니었다. 학

생들로 가득했던 교실은 큰누나의 방처럼 질서정연했으니까.

일이 터진 건 아침 자습 시간이었다. 담임의 감독 하에 다들 책을 펼쳐 놓고 앉아 있는데 멀리서 유리창 깨지는 소리가 들렸다. 유리창 깨지는 소리와 다른 반 아이들이 내지르는 소리가 점차 가까워졌다. 아이들이 동요했다. 담임은 "조용히 해!"라고 소리를 지르고는 밖으로 나갔다. 누군가 외쳤다.

"우리도 나가야 돼. 짱 똘마니들이 오늘 학교 다 때려 부순대."

"이유가 뭐래?"

"어제 학생 주임이 바리깡으로 짱 머리를 밀었대. 너무 길다고……."

문답이 채 끝나기도 전에 녀석이 들이닥쳤다. 녀석이 야구 방망이를 들고 창가에 있는 책상 위로 뛰어오르자 아이들은 가방을 들고 재빨리 교실을 빠져나갔다. 그래서 교실은 순식간에 난장판이 되었고, 텅 빈 교실에는 녀석과 K만 남게 된 것이었다.

녀석이 다시 물었다.

"그래서?"

K는 아무 말도 하고 싶지 않았다. 그러나 그럴 수는 없었다. 그래서 살짝 한숨을 내쉬곤 대답을 했다.

"꼰대가 없을 때 교실의 주인은 반장이야."

"뭐라고?"

"집이 망가지는데 주인이 떠날 수는 없는 법이라고."

녀석은 하, 하고 탄성을 발하더니 책상에서 뛰어내려 K의 앞에 섰다. 손가락으로 K의 볼을 푹푹 찌르며 물었다.

"그럼 꼰대가 있으면 꼰대가 교실의 주인이냐?"

K는 아무 말도 하지 않았다. 고개를 살짝 돌려 녀석의 손가락에서 벗어나려 애를 썼을 뿐이다. 목표를 잃은 녀석의 손가락은 K의 이마를 콕 찔렀다.

"이 병신아, 그럼 너는 뭐냐? 너는 주인집 개냐?"

K는 아무 말도 하지 않았다. 아니 할 수 없었다. 사실 선생이 없을 때 반장이 교실의 주인 운운한 건 K의 머릿속에서 나온 말이 아니었다. 선생이 K를 반장으로 임명한 후 교무실로 불러 한 말이었다. K는 그 말에 별반 의심을 하지 않았다. 선생의 입에서 나온 말이기에 지극히 당연한 것으로만 여겼다. 그랬기에 주인집 개에 병신까지 동원한 녀석의 자극적인 언사에도 아무런 대꾸를 할 수 없었다. 녀석은 K의 어깨를 두드리곤 돌아서서 야구 방망이를 집어 들었다. 교실을 빠져나가려다 말고 멈춰 서더니 K를 보며 거수경례하는 시늉을 했다.

"잘 있어라, 개 반장. 손님은 용무를 마쳤으니 이만 떠나갑니다." 25

열흘 뒤 녀석은 다시 K 앞에 나타났다. 녀석, 그러니까 J의 첫마디를 K는 아직도 기억한다. 개 반장, 빵이나 먹으러 가자, 하는. 검게 그을린 얼굴만 보면 정학 처분을 받았던 놈이 아니라 꼭 타히티 원정에서 돌아온 수구 선수처럼 보였다. 그렇게 해서 K와 J는 친구가 되었다. 유리창, 방망이, 혹은 빵 하나가 우정의 시작이었던 것.

◎

K가 전화를 걸자 J는 꼭 J 같은 엉뚱한 소리부터 해 댄다.

"'낯선 자를 위해 우는 것이야말로 최고의 존경심을 보여 주는 것이다.'° 어때 개 반장, 죽이지?"

"실없는 소리 그만해. 그건 주제 사라마구 책에 나오는 구절이잖아. 고작 책 읽은 거 떠벌리려고 꼭두새벽부터 전화한 거냐?"

"고작이라니? 개 반장 네놈이 준 생일 선물이잖아?"

J의 말대로다. 사라마구의 책은 K가 J에게 한 생일 선물이었다. K는 책 읽어 준 고마움을 살짝 비꼬아 표현한다.

"책을 읽기는 읽는구나. 나는 네놈이……."

° 주제 사라마구가 쓰고 정영목이 옮긴 『눈뜬 자들의 도시』(해냄)에서 인용했다.

J는 J여서 K의 말을 중간에서 끊는다.

"옷 단단히 입고 나와."

"왜?"

"광장에 가자."

K는 난데없이 웬 광장이냐고 묻지 않는다. 어느 광장이냐고도 묻지 않고 거기에서 무엇을 할 거냐고도 묻지 않는다. 사실 K는 J가 낯선 자 운운할 때부터 무슨 말이 나올지 이미 알고 있었으니까. 그래서 K는 이렇게만 대답한다.

"그래. 광장에서 보자."

아마도 K는 광장에서 J와 긴 대화를 나누지는 못할 것이다. 보나마나 J는 광장에서 버티는 사람들과 함께 있을 것이고, 개 반장인 K는 광장 한구석에서 그 모습을 지켜보기만 할 것이니까. 그것이 바로 K와 J가 우정을 나누는 방식이니까.

4/ 대표 이사

대표 이사代表理事 : 주주 총회의 결의나 이사회의 선임으로 회사를 대표하게 된 이사.

새 책이 팔리지 않아 울적하던 K를 파안대소하게 한 것은 '땅콩 리턴'[°]이었다. 신문 기사만으로 만족할 수 없었던 K는 컴퓨터 앞에 앉아 땅콩 리턴을 다룬 기사를 찾아서 읽었다. 읽으면서 웃었고, 웃으면서 또 다른 기사를 찾았다. 읽다, 웃다를 반복하다 보니 한나절이 훌쩍 지나갔다. K는 기지개를 켜며 중얼거렸다.

"이래서 심심풀이 땅콩이라 하는군."

기사 탓일까, 입이 심심해졌다. 땅콩은 없었다. 대신 불친절한 호두가 있었다. 불친절한 호두라 명명한 건 껍데기 때문이었다. 다른 때 같았으면 포기했을 것이다. 땅콩으로 촉발된 열망은 껍데기를 깨는 수고를 기꺼이 감수하게 만들었다. 도구는 베란다에

....
[°] 승무원의 땅콩 접대 방법에 분노한 한 항공사의 (전)부사장이 활주로의 비행기를 후진시키도록 해 사무장을 공항에 내려놓은 사건을 말한다. 참고로 (전)부사장은 이 항공사 '대표 이사'의 친딸이다.

서 찾았다. 어린애 주먹만 한 자갈과 낡은 책이었다. 책으로 호두를 받치고 자갈로 칠 생각이었다. 결행하기 전에 잠깐 멈칫했다. 『소유냐, 존재냐』라는 책 제목이 마음에 걸렸다. 다른 책을 꺼내오기는 몹시 귀찮았던 K는 절충안을 냈다. 호두 받침대로 쓴 후 호두를 먹으며 책을 읽기로. 오랫동안 베란다에 굴러다니던 책으로서는 거절하기 힘든 제안일 터였다. 그래서 K는 그렇게 했다.

작업 후, 호두를 그릇에 담아 소파 옆 탁자에 올려놓았다. 책을 들고 소파에 누웠다. 호두를 입에 넣고 책장을 펼쳤다. 호두는 구수했고, 문장은 예리했다. 구수함과 예리함은 한통속이 되어 한 단어를 K의 머릿속에 집어넣었다. 그 단어는 '대표 이사'였다.

중학교에 들어갔을 때의 일이다. K는 저녁을 먹은 후 아버지에게 '가정 환경 조사서'를 내밀었다. 티브이로 권투 중계를 보던 아버지는 중학생이 되었으니 그런 것쯤은 혼자서 알아서 하라고 말했다. 아버지의 말은 일리가 있었다. 그래서 K는 그렇게 했다.

본적과 주소, 자가 여부, 자동차 유무 등을 정성껏 쓰거나 표시했다. 의문이 들기는 했다. 본적과 주소는 그렇다 쳐도 자가 여부와 자동차 유무를 왜 학교에서 알아야 하는 것일까? 그러나 K는 막 중학생이 된 참이었다. 의문이 들었다 해도 진지한 의문은 아니었고, 의문의 지속 시간 또한 고작 몇 초에 지나지 않았다. 대신 K의 마음에 슬금슬금 자라난 것은 장난기였다. 아버지와 어머니의 학력을 실제보다 한 단계 높여 쓴 K는 아버지의 직위란을 보고는 웃음을 머금었다. 머릿속에 떠오른 생각을 옮겨 적으려다 멈칫했다. 아무래도 아버지의 허락을 받아야 할 것 같았다. K는 아버지에게 직위란에 대표 이사라고 써도 되겠느냐고 물었다. 한 단어가 가져온 효과는 놀라웠다. 권투 중계를 보던 아버지는 물론, 설거지 중이던 어머니도 K를 쳐다보았다. 아버지는 허허 웃은 후 대표 이사는 좀 심하지 않느냐는 말을 했다. K가 주목한 건 아버지의 말이 아니라 표정이었다. 내내 어두웠던 얼굴이 모처럼 밝아졌다. K는 아버지가 사장인 것은 틀림없는 사실이니 대표 이사와 다를 바가 별로 없다는 투의 말을 했다. 중학생인 K가 사장과 대표 이사의 차이를 정확히 알았던 것은 아니었다. 그냥 입에서 나오는 대로 말했을 뿐이었다. K는 아버지의 의심을 해소하기 위해 다른 아이들도 다들 그렇게 쓴다는 말을 덧붙였다. 아버지는 잠깐 생각하더니 그렇다면 그렇게 하라는 허락의 말을 했다. K는 씩 웃었고, 아버지는 허허 웃었다. 어머니의 얼굴에 약간의 근심어린 표정이 떠올랐지만 아버지가 허락했으니 그건 별 문제가 되지 않았다. 어머니의 표정이 밝지 않았던 데에는 나름의 이유가 있었다. 아버지의 회사는 건축 자재를 다루는 '가게'였고, 종업원이래 봐야 두 명밖에 되지 않았다. 사장 또한 두 명이었다. 아버지와 아버지의 친구가 공동 운영하는 가게였기 때문이다. 다음 날 K는 담임 선생에게 가정 환경 조사서를 제출했다.

　며칠 후 종례를 마친 담임 선생이 교무실에 들렀다 가라고 했다. 교무실? 좋은 이유일 리가 없었으므로 K는 들어가면서 고개부터 숙였다. 담임 선생은 씩 웃더니 아버지가 대표 이사인 것이 사실이냐고 물었다. 굳이 아니라고 말할 이유가 없었기에 K는 그렇다고 대답했다. 담임 선생은 고개를 끄덕이고는 알았으니 가 보라고 했다. 그것으로 끝인가 싶었다. 아니었다. 다음 날 담임 선생은 K를 다시 불렀다. 학부모 상담을 할 예정이니 어머니에게 편한 시간에 와 달라고 전해 달라는 것이었다. 별다른 용건도 아니었기에 K는 어머니에게 그대로 전했다. 어머니는 그 짧고 간단한 말에 깊은 한숨을 쉬었다. K는 별다른 주의를 기울이지 않았다. 어머니는 원래 걱정이 많은 사람이었기 때문이다. 세상 근심을 다 안고 사는 사람이었기 때문이다. K는 화장실에 가는 도중에 어머니가 아버지에게 한 말을 듣고서야 어머니의 근심에도 나름의 이유가 있었음을 알았다. 어머니는 이게 다 대표 이사 때문이라고 했다. 아버지가 아무 말도 하지 않자 어머니는 도대체 얼마를 가져다주어야 할지 모르겠다고 했다. 괜히 대표 이사라고 적는 바람에 골치만 아프게 되었다고 했다. K는 자신이 개입해야 할 필요를 느꼈다. 얼마 전 훈화에서 교장 선생은 촌지를 건네는 행위는 근절되어야 한다고 목소리를 높여 말하지 않았던가. K가 저기요, 라고 말하는 순간 아버지가 소리를 질렀다. 문을 쾅 닫는 소리, 어머니의 한숨 소리가 세트처럼 이어졌다. K는 발소리가 들리지 않도록 신경 쓰며 조용히 화장실로 갔다.

다음 날 어머니가 얼마의 돈을 담임 선생에게 건넸는지 K는 알지 못한다. K가 아는 건 담임 선생의 대우가 달라졌다는 사실뿐이었다. K는 부반장에 임명되었고, 아침 자습을 감독하는 임무를 맡았다. 플라스틱 자를 무기 삼아 들고 다녔던 담임 선생은 유독 K에게만은 친절했다. 다른 아이들이 플라스틱 자의 위력에 감탄(?)하는 동안에도 K의 뺨만은 안전했다. 하긴, 담임 선생만 그랬던 건 아니었다. 음악 선생도, 미술 선생도 마찬가지였다. 음악과 미술엔 젬병인 K가 두 과목 모두에서 높은 점수를 받았던 것은 '호의'라는 단어 말고는 설명할 길이 없었다. 달라진 건 학교 선

33

생들만이 아니었다. 2학기가 시작되고 나서 얼마 후 아버지는 '대
표 이사'의 직위를 반납했다. 가게를 그만두었다는 뜻이다. 그날
밤 아버지와 어머니의 다툼을 훔쳐 듣고서야 K는 아버지가 공동
주인이 아니었음을 알게 되었다. 아버지의 친구가 진짜 사장이고
아버지는 그냥 사장이라 불리기만 했음을 비로소 알게 되었다.

K는 피식 웃었다. 호두를 입에 넣으며 중얼거렸다.

"땅콩 리턴? 지가 무슨 대표 이사라도 되는 줄 알았나?"

웃으려고 내뱉은 말인데 웃음이 나오지 않았다. 머쓱함을 면하
기 위해 다시 책을 들었다.

우리가 자기 삶을 지배하는 독자적 주인이 되리라는 꿈은 우리
모두가 관료주의 체제라는 기계의 톱니바퀴에 지나지 않음을 인
식하는 순간 깨져 버렸다.°

°   에리히 프롬이 쓰고 차경아가 옮긴 『소유냐 존재냐』(까치)에서 인용하되 문장을 일부 고쳤다.

잘못된 행동에 대해 비웃는 건 자유이지만, 이 나라(혹은 이 세계)에서 온전히 자기 뜻대로 살 수 있는 권리는 부자와 최고위층 관료들에게만 허용됨을 에리히 프롬은 똑똑히 알려주고 있었다. 톱니바퀴에 지나지 않는 K 같은 이들이 할 수 있는 일이란 그들을 한 번 비웃고 마는 것 외엔 없었다. 물론 그들은 교체 가능한 부속품에 지나지 않는 K 같은 이들의 비웃음을 결코 잊지 않을 것이고. 호두 하나를 입에 넣었다 뱉었다. 썩은 호두였다. K는 소파에서 일어나 기지개를 켰다. 역시 호두보다는 땅콩이었다. '심심풀이 호두'란 말이 없는 데에는 다 이유가 있었다.

5/ 외교관

외교관外交官 : 외국에 주재하며 자기 나라를 대표하여 외교 사무에 종사하는 관직. 또는 그 관직에 종사하는 사람.

K는 인터넷 서점에서 책을 사기 위해 컴퓨터를 켰다가 미국 외교관 피습 사건°을 처음 접했다. 사건은 충격적이었다. 언론의 반응은 더 충격적이었다. 네티즌들이 단 댓글은 한층 더 충격적이었다.(이후 벌어진 호들갑에 비하면 새발의 피였지만!) 책을 살 마음이 싹 사라졌다. 칼과 피가 난무하는 무협지적인 세상에 살면서 '심경 주해' 어쩌고저쩌고 하는 19세기에도 이미 고리타분했을 책을 굳이 사서 읽으려는 자신이 한심하고 위선적으로 느껴졌다. 책 구입은 포기했다. 대신 난세에 어울리는 책을 골라 읽기로 했다. 그렇게 해서 뽑힌 책이 『로맹 가리』였다. K는 손가락으로 책 표지를 두드리며 탁월한 선택이라고 자화자찬했다. 로맹 가리는 불세출의 작가였지만 실은 외교관이기도 했다. 출판사

° 주한 미국 대사가 조찬 행사에 참석했다가 피습당한 사건.

의 소개에 따르면 '화양연화를 구가하다 불현듯 권총 자살로 삶을 마감'하기까지 했으니 그보다 더 작금의 시대 상황에 어울리는 인물은 없었다. K는 책을 들고 소파에 누웠다. 심심풀이 땅콩을 준비하는 것도 잊지 않았다. 땅콩을 입에 넣고는 책을 펼쳤다. 몇 장을 읽었다. 그런데 좀처럼 진도가 나가지 않았다. 책이 재미없었느냐고? 아니었다. 전기이지만 소설처럼 잘 읽혔다. 문제는 K의 머릿속에 떠오른 상념이었다. 처음엔 겨자씨만 했던 상념은 책 몇 장을 읽는 동안 호박 마차만큼 커졌다. K는 선택을 해야 했다. 독서를 지속할 것인지, 상념에 굴복할 것인지. K가 선택한 것은 상념이었다. 책이야 언제든 읽을 수 있지만 상념은 통속적으로 말하자면 연기처럼 허무해서 언제 사라질지 모르는 것이므로. 게다가 그 상념은 어떤 의미에서는 책보다 더 시의적절한 것이었으므로.

학년이 시작되어 두 달이 지난 후 전학을 온 녀석은 자기소개를 하면서 아버지의 직업을 언급했다.

"아버지는 외교관입니다. 지금은 잠시 국내에 머무르고 계십니다."

37

와, 하는 경탄의 소리가 교실을 가득 채웠다. 담임은 출석부로 교탁을 탁탁 쳤지만 외교관의 자식을 향한 소년들의 경탄을 잠재우기엔 역부족이었다. 고개를 절레절레 흔든 담임은 녀석에게 맨 뒷자리를 배정해 주곤 교실을 빠져나갔다. 아이들이 녀석에게 몰려들었다. 첫 질문은 당연히 "아버지가 진짜 외교관이야?"였다. 녀석은 씩 웃으면서 고개를 끄덕였다. 아이들의 질문이 이어졌고 녀석의 입에서는 마드리드, 리스본, 비엔나, 헬싱키 같은 지리책에서나 보았던 도시들의 이름이 줄줄이 흘러나왔다. K는 녀석이 못마땅했다. 녀석의 아버지가 외교관이라는 사실, 아버지의 직업을 자랑인 양 떠벌리는 녀석의 태도가 다 못마땅했다. 외교관의 자식이라면 머리도 좋을 테니 공부도 잘할 것이라는 불길한 예감은 반에서 일 등을 놓치지 않고 있던 K의 못마땅함을 더 심화시켰다. 다행인지 불행인지 중간고사가 코앞이었다. K는 평소보다 더 열심히 공부했다. 외교관의 자식 따위에게 질 수는 없다는 자격지심이 K를 채찍질했다. K의 노력은 결실을 맺었다. K는 일등 자리를 지키는 데 성공했다. 그렇다면 녀석의 성적은? 구 등이었다. 구 등? 한 반에 60명이 넘는 학생이 우글거리던 시절이었으니 나쁜 성적은 아니었다. 그러나 외교관의 자식에게 어울리는 성적은 분명 아니었다. K가 안심했느냐고? 아니다. 용의주도한

K는 경계를 늦추지 않았다. 전학 온 지 며칠 되지 않은 상황에서 거둔 성적이었다. 녀석이 학교에 적응하면 성적은 더 좋아질 것이 분명했다.(하지만 녀석은 기말고사에서도 좋은 성적을 거두지 못했다. 좋아지기는커녕 더 나빠졌을 뿐이었다.) 녀석의 출현을 경계경보로 여긴 K가 성적으로 자기 존재 증명을 하려 애를 쓰던 그때, 녀석은 무엇을 했던가? 녀석은 친목도모를 했다. 녀석은 스페인제인지 포르투갈제인지 하는 연필을 아이들에게 나누어 주며 여유롭게 사교 생활을 즐겼다. 아이들은 볼펜이나 만년필도 아닌 연필에 즐거워하며 자신들의 마음을 활짝 열었다. K는 아이들도 못마땅했다. K가 녀석이 준 연필을 거절한 것은 그래서였다. 그러니까 반의 자존심을 지키기 위해서 말이다.

녀석은 그리 오래 머물지 않았다. 2학기가 시작된 지 얼마 되지 않아 녀석은 학교를 그만두게 되었다. 외교관 아버지의 새로운 임지가 아테네로 결정되었기 때문이었다. 간단한 환송회가 준비되었다. 아이들이 자발적으로 준비한 환송회였다. 녀석이 머문 기간에 비하면 이례적인 일이 아닐 수 없었다. 아이들은 푼돈을 모아 과자나 콜라 같은 간식거리를 준비했다. 녀석도 맨손으로 환송회에 임하지는 않았다. 녀석은 노트를 준비했다. 노트의 겉장에는 '친구들의 말'이라고 적혀 있었다. 콜라 한 잔을 들이킨 녀석은 눈물을 찔끔 흘리곤 자기에게 하고픈 말을 노트에 적어 달라고 했다. 노트는 아이들의 손을 거쳐 K에게까지 왔다. K는 아이들이 쓴 글을 읽었다. 만나서 참 즐거웠다, 날 잊지 말기를, 그리스에서 살면 얼마나 좋을까, 그리스 여자들 죽일 것 같아 등등 상상력이라곤 찾아볼 수 없는 지극히 평범한 글들이었다. K는 잠깐 생각하다가 이렇게 썼다.

"잘 가라. 하지만 난 너의 친구가 아니다."

환송회가 끝난 후 녀석은 K를 따로 불렀다. 녀석은 K가 쓴 글이 도대체 무슨 뜻이냐고 물었다. K는 말 그대로라고 했다. 녀석이 고개를 갸웃거리자 K는 친구라면 서로의 마음이 통하고 뜻이 맞아야 하는데 너와는 그런 일이 하나도 없었으니 친구라고 할 수 없다고 설명했다. 녀석은 낮은 한숨을 쉰 후 그러면 어떻게 해야 친구가 될 수 있느냐고 물었고, K는 헤어지는 마당에 굳이 친구가 될 필요가 뭐가 있느냐고 응대했다. K의 논리 앞에 녀석은 어어 할 뿐 말을 잇지 못했다. K는 녀석의 등을 두드리며 어디에 가서도 한국인답게 잘 살라는 말을 남기곤 자리를 떠났다.

K가 녀석의 소식을 들은 것은 몇 달 뒤였다. 아이 하나가 K의 어깨를 툭툭 치며 말했다.

"지 아버지가 외교관이라던 녀석 기억나지? 그거 다 뻥이었대.”

“뻥? 무슨 소리야?”

“반장네 집 화장실이 고장 나 사람을 불렀대. 그런데 녀석이 나
타난 거야. 자기 아버지하고. 왠지 그럴 것 같더라니까.”

K는 반장에게 가서 아이의 말을 확인했다. 사실이었다. 반장은
정신 나간 놈이라며 큰 소리로 웃었다. 그 순간 K는 무엇을 했는
가? 후회를 했다. 녀석의 노트에 썼던 그 말, 너는 친구도 아니라
는 그 말을 가슴을 치며 후회했다.

로맹 가리는 작가이자 외교관이었다. 그러나 사기꾼이기도 했
다. 『하늘의 뿌리』로 공쿠르상을 수상했던 로맹 가리는 ‘에밀 아
자르’라는 유령 작가를 만들어 또 한 차례 공쿠르상을 수상했다.
왜 그랬느냐고? 도대체 무엇이 부족해서 그런 야바위 짓을 꾸몄
냐고? 로맹 가리의 글로 답할 수밖에 없겠다.

들키지 않는 것, 그것은 위대한 예술이다.°

° 도미니크 보나가 쓰고 이상해가 옮긴 『로맹 가리』(문학동네)에서 인용했다.

녀석은 외교관의 자식이 아니었다. 너무 쉽게 들켜 버렸으므로 예술가도 아니었다. 게다가 녀석은 K의 친구도 아니었다. 그럼 녀석은 도대체 무엇이었단 말인가?

이것이 바로 '심경'을 주해한 책 구입을 포기하고 『로맹 가리』를 읽으려 했을 때 K의 머릿속에 떠올랐던 상념이었다. 외교관이라는 단어가 온 나라를 시끄럽게 했을 때 K를 괴롭혔던 엉뚱한 상념이었다.

6/ 기적

기적奇蹟 : 1) 상식적으로는 생각할 수 없는 기이한 일.
2) 신에 의하여 행해졌다고 믿어지는 불가사의한 현상.

K에겐 또 다른 체육 선생이 있었다. 짧게 말하자. 선생은 기적
을 일으키는 사람이었다.

중학교 2학년 여름 방학 때의 일이다. 교회 입구에 들어선 K는
안내 명찰을 가슴에 단 남자가 커다란 쓰레기통을 구석으로 옮기
는 장면을 보았다. 평소의 K였다면 모른 체하고 교회 안으로 들
어갔을 것이다. 그러나 남자의 체격은 왜소했고 쓰레기통은 지나
치게 컸다. K는 잠깐 고민하다가 쓰레기통에 손을 댔다. 막상 손
을 대고 보니 좀 싱거웠다. 쓰레기통은 크기만 컸지 전혀 무겁지
않았다. 남자가 웃었다. K도 웃었다. K는 남자에게 인사를 하고는

43

교회 안으로 뛰어 들어갔다.

개학을 하고 맞은 첫 번째 체육 시간. K는 깜짝 놀랐다. 학기만 달라졌을 뿐인데 체육 선생이 바뀌었던 것. 교회에서 만났던 그 남자가 바로 K의 새로운 체육 선생이었던 것. 선생을 본 K는 자기도 모르게 피식 웃고 말았다. 선생도 K를 기억하는 게 분명했다. 곧바로 K에게 "너 이름이 뭐야?" 하고 물었으니. K가 이름을 말하자 선생은 "너 공부는 잘하냐?" 하고 물었다. "일 등이에요." 라고 말한 건 K의 옆에 서 있던 아이였다. 선생은 "너 운동은 잘하냐?"라고 물었고 "운동 신경은 꽝이에요."라고 말한 건 이번에도 K의 옆에 서 있던 아이였다. 선생은 그 아이를 보며 "너는 도대체 뭐냐?"라고 물었다. 대답은 뒷줄에서 나왔다.

"공부도 꽝이고 운동도 꽝이에요."

K의 대변인 역할을 하던 아이는 이번에는 머리만 긁적였다. 아이들이 크게 웃었다. 선생이 웃자 머리 긁적이던 그 아이도 웃었다. 선생은 웃음 띤 얼굴로 한 학기가 지나면 3학년이 되는 만큼 앞으로 몇 시간은 체력장 종목들을 중점적으로 점검하겠으며, 첫 날인 오늘은 턱걸이 실력을 보겠다고 했다. 간단하게 시범을 보여준 선생은 K를 지목했다. K로선 조금 당황스러웠다. 운동 신경이 꽝인 K가 가장 못하는 게 바로 턱걸이였다. K가 철봉 밑에 서

자 선생은 "턱걸이 잘할 몸맨데."라고 말했고 아이들은 세상에서 가장 웃긴 말을 들은 것처럼 크게 웃었다. K는 팔짝 뛰어서 철봉을 잡았고 팔을 끌어 올리려 애를 썼다. 소용없었다. K에게 철봉은 난공불락의 성이나 마찬가지였다. K는 몇 번 버둥거리다가 철봉에서 손을 놓았다. 선생이 "빵 개."라고 말하자 아이들은 또다시 웃었다. K는 맨 뒷줄로 가 다른 아이들이 턱걸이하는 모습을 지켜보았다. 열 개를 넘긴 아이도 한두 명 있었지만 대개는 두세 개였다. 물론 '빵 개'도 몇 명 있었다. K의 대변인은 당연히 빵 개였고. 수업이 끝난 후 교실로 뛰어가려는데 선생이 K를 불렀다. 선생은 웃으며 말했다.

"열심히 해."

한 학기는 빠르게 지나 겨울 방학이 되었다. 그러나 한 학기 동안 K가 선생에게 보여준 것은 아무것도 없었다. 그럼에도 선생은 K를 볼 때마다 웃으며 말했다.

"열심히 해."

선생에게 '쓰레기통'의 기억은 실로 강렬했던 모양이었다. 겨울 방학이 시작된 지 얼마 후 교회 입구에서 선생과 다시 마주쳤을 때의 일이다. 선생은 다른 봉사자와 이야기를 나누는 중이었다. K는 선생에게 다가가 얌전하게 인사하고 돌아섰다. 선생이 이

45

야기를 나누는 소리가 들렸다.

"재가 마음씨도 착하고 공부도 정말 잘해요."

K는 괜히 쑥스러워서 교회 안으로 얼른 뛰어 들어갔다. 그날 예배를 보며 K는 선생을 생각했다. 선생은 K라는 인간 자체를 신뢰하는 게 분명했다. K는 괜히 가슴이 뭉클해졌다. 예배가 끝날 무렵 한 가지 결심을 했다. 선생의 기대에 부응할 만한 무언가를 해 보겠다는 결심.

다음 날 새벽, K는 영하 15도의 기온에 대비해 단단히 갖춰 입고 집을 나섰다. K가 향한 곳은 남산 자락의 약수터였다. 성벽을 지나 언덕길을 올라 이십 분 정도 걸어서 약수터에 도착한 K는 바가지로 약수를 받아 마셨다. 한겨울의 약수는 지나치게 차가웠다. K는 준비해 간 물통에 약수를 가득 채웠다. 약수터에서 약수를 마시고 물통도 채웠으니 더 할 일은 없는 셈이었다. 그러나 K에겐 아직 다른 용건이 남았다. 약수터 한쪽은 체육회였고, 건물 앞엔 다양한 운동 기구들이 있었다. K는 그 기구들을 다 지나쳤다. K는 제일 끝, 철봉 밑에서 걸음을 멈추었다. 큰맘 먹고 철봉을 잡았다가 화들짝 놀라 손을 놓았다. 철봉은 준비 없인 자기에게 다가오지 말라고 말 그대로 냉정한 경고를 보냈다. K는 경고를 무시하고 다시 매달렸다. 용을 썼지만 성과는 없었다. 변함없이 '빵 개'였다. K는 철봉을 향해 침을 뱉었다. 침은 철봉 근처에도 가지 못하고 힘을 잃었다. K는 무거운 물통을 들고 터덜터덜 걸어 집으로 돌아왔다.

이제 K는 3학년이 되었다. 첫 번째 체육 시간, 선생은 작년과 마찬가지로 턱걸이 시범을 보여준 후 K를 지목했다. 선생은 웃음기 가득한 얼굴로 아이들을 보며 말했다.

"빵 개 예상한다."

K는 잔뜩 기가 죽은 얼굴을 하곤 철봉을 잡았다. 한 개, 두 개, 세 개를 단숨에 했다. 선생의 눈이 휘둥그레졌다. K는 선생을 보며 계속 턱걸이를 했다. 열 개를 넘기자 선생의 표정에서 웃음기가 사라졌다. K는 만점에 해당하는 열여덟 개를 한 후 철봉에서 손을 놓았다. 선생은 넋이 나간 표정으로 K를 보며 물었다.

"도대체 어떻게 된 거냐?"

K는 씩 웃으며 대답했다.

"그냥요."

겨울 방학 내내 새벽마다 약수터에 갔다는 이야기는 쑥스러워서 차마 꺼내지 못했다. 선생은 박수를 쳤다. 난데없는 박수에 K는 얼굴이 시뻘게졌다. 그래도 기분만은 정말로 좋았다. 그해 가을 K는 체력장에서 만점을 받았다. 반에서 일 등이었다.

◎

보르헤스는 언젠가 어느 강연에서 이렇게 말했다.

어느 작가든 자신이 쓰고 싶어 하는 걸 쓰는 게 아니라 자신이 쓸
수 있는 것을 쓰기 때문입니다.°

보르헤스의 말은 진리다. 작가는 왜 글을 쓰는가? 쓸 수 있는
것을 확인하기 위해서가 아니라 쓰고 싶어 하는 것을 쓰기 위함
이다. 글을 시작하기 전엔 가능한 것처럼 보인다. 그러나 막상 글
을 시작하면 얼마 지나지 않아 자신은 쓸 수 있는 것밖엔 쓰지 못
하다는 사실을 깨닫게 된다. '글의 세계'에 기적이란 없다. 그래
서 K는 절망한다. 보르헤스의 말은 다양한 방면에 적용 가능하다.
국가를 예로 들어 보자. 어릴 적 K에게 국가는 세상의 전부였다.
대통령이 사망했을 땐 울었고, 올림픽에서 금메달을 땄을 땐 환
호했다. 지금은 다르다. K는 살고 싶은 국가에 사는 게 아니라 살

° 　호르헤 루이스 보르헤스가 말하고 서창렬이 옮긴 『보르헤스의 말』(마음산책)에서 인용했다.

수밖에 없는 국가에 살고 있다는 사실을 뼈아프게 깨닫는다. '어쩔 수 없이 살아야 하는 국가'에 기적이란 없다. 그래서 K는 절망한다.

K는 체육 선생을 생각한다. 자기도 모르게 기적을 일으켰던 체육 선생을 생각한다. 기적이 가능했던 그 아름다운 시절을 생각한다. 너무도 완벽해 동화 같았던 그 시절을 다시 한 번 생각한다. K는 체육 선생이 그립다. 체육 선생이 일으켰던 그 작고 완벽했던 기적이 정말로 그립다. 글에 절망하고 국가에 절망한 K는 그 시절이 정말, 그립다.

K에겐 또 다른 체육 선생이 있었다.

짧게 말하자.

선생은 기적을 일으키는 사람이었다.

7/ 벌레

벌레 : 1) 곤충을 비롯하여 기생충과 같은 하등 동물을 통틀어 이르는 말.
2) 어떤 일에 열중하는 사람을 비유적으로 이르는 말.

K는 더 인내하지 못했다. 벌떡 일어나서 목례를 하고 교장실을 빠져나왔다. 교장이 쫓아 나와 다급하게 이름을 불러 댔다. J선생, J선생x. 끝까지 J였다. 학교를 빠져나온 K는 입을 꼭 다물고 전철역까지 걸었다. 역사 옆 카페에 들어간 후에야 참고 참았던 분노의 문장을 탁자에 내뱉었다.

"벌레만도 못한 인간."

응축된 분노의 결과물치고는 미미했다. K가 받았던 모욕에 비하면 턱없이 절제된 문장이었다. 게다가 K의 것도 아니었다. 수십 년 전 선생이 썼던 문장이 느닷없이 머릿속에서 튀어나온 것. K는 연극배우의 톤으로 제기랄, 이라 말하고 허헛, 웃었다. 아이스커피를 탁자에 놓던 여종업원이 쥐며느리를 만진 것 같은 표정을 지었다. K는 고개를 돌려 모른 척했다.

도서관엔 아무도 없었다. 아니, 도서관이란 표현은 과했다. 교실보다 조금 넓은 공간에 커다란 회의용 탁자가 놓였고, 그 주위를 여덟 개의 오단 책장이 둘러싸고 있었으니. 책도 별로 없는 데다가 건물은 외따로 떨어졌고, 수업 시간 동안엔 잠겨 있어 '도서관'을 찾는 학생은 거의 없었다. 때문에 도서관은 도서관이 아니라 도서부 회합 장소에 더 가까웠다. K는 도서부가 아니었다. 그 말은 K가 도서관에 온 것이 입학 이래 처음이라는 뜻이었다. 기다림이 지겨워지기 시작했을 무렵 선생이 나타났다. 선생이 K의 어깨에 손을 올리고 많이 기다렸지, 라고 물어본 순간 K의 팔엔 소름이 돋았다. 선생의 목소리는 봄날의 바람처럼 나긋나긋했고, 손길은 생크림처럼 가벼웠다. 그럼에도 K의 심장은 망치로 얻어맞은 돌멩이처럼 위축되었다. 소문 때문이었다. 선생이 '호모'라는 소문.

선생은 용건을 밝혔다. K가 도서부에 들어왔으면 한다고 했다. 도서부는 단순히 책을 정리하는 부서가 아니라 책을 읽고 함께 토론하는 부서라고 했다. 토론을 위해선 특정 형태의 능력이 필요하니 자신이 직접 부원들을 선발하는 거라고 했다. 간결하면서도 요령 있는 설명이었다. '특정 형태'의 능력이 정확히 뭔지 모르겠다는 것만 제외하면. 준비된 말을 모두 마친 선생은 빙긋 웃은 후 혹시 질문이 있느냐고 했다. K는 잠깐 머뭇거렸다. 학교 수업에 별다른 재미를 못 느꼈던 K가 혹할 만한 제안이기는 했다. 그러나 뭔가가 걸렸다. 이거다, 라고 꼭 집어 말하기엔 조금 부족한 무언가가. 그래서 물었다.

"무슨 책을 읽고 토론하나요?"

선생은 지난 학기에는 E. H. 카의 『역사란 무엇인가』를 공부했으며, 이번 학기엔 피터 L. 버거의 『사회학에의 초대』를 교재로 삼을 생각이라 했다. K는 고개를 끄덕거렸다. 카도 모르고 버거도 몰랐지만 지는 건 싫었기에 고개를 끄덕거렸다. 선생은 턱을 살짝 들어 보이는 동작을 통해 K의 대답을 기다리고 있음을 드러냈다. K는 머리를 긁으며 카와 버거가 끌리기는 하지만 그래도 조금 생각해 보겠다고 했다. 선생은 충분히 생각해도 좋다고 했다. 부모님의 의사도 중요하니 가능하면 상의를 하고 결정을 내리라고 했다. K는 알겠다고 말한 뒤 자리에서 일어섰다. 함께 일어선 선생이 어깨를 두드리기 전에 재빨리 도서관을 나왔다.

K는 부모와 상의하지 않았다. 이유는 명확했다. 부모에게 카와 버거를 도대체 어떻게 설명한단 말인가? 호모는 또 어떻게 설명

53

한단 말인가? 카, 버거, 토론, 거기에 호모까지 입에 담았다간 부
모의 마음만 심란하게 할 터였다. 실질을 숭상하는 K는 도서부원
의 조언을 듣는 길을 택했다.

도서부 가입 권유를 받았다고 하자 도서부원은 반색했다. K라
면 말도 잘 통할 것 같으니 잘되었다고 했다. 그리 친하지 않다고
여겼던 도서부원이 그렇게 말하니 기분이 제법 좋았다. K는 고개
를 끄덕여 공감을 드러낸 후 도서부원에게 넌지시 '소문'에 대해
물었다. 도서부원은 그게 뭐 어때서 식의 대수롭지 않은 반응을
보였다. 도서부원이 그렇게 나오니 더 할 말이 없어졌다. K는 알
았다고 했고, 도서부원은 그럼 다음 주에 보자고 했다. K는 말없
이 손만 흔들어 주었다.

K는 도서관이 아닌 교무실로 선생을 찾아갔다. 선생은 K에게
옆자리의 의자를 직접 빼 주었다. K가 앉자 선생은 결정을 했느
냐고 예의 그 봄날 바람 같은 목소리로 물었다. K는 부모님이 허
락을 안 하신다고 대답했다. 선생은 고개를 끄덕였다. 선생은 빙
긋 웃은 후 알겠다고 했다. 선생의 반응에 K의 기분이 살짝 상했
다. 선생은 아쉬움을 드러내지도 않았고 반대의 이유를 묻지도
않았다. 그 바람에 K는 하지 말아야 할 말을 하고 말았다. 사실은
소문 때문에……. K의 말이 끝나기도 전에 선생의 얼굴이 봄날에

서 가을날로 변했다. 선생은 소문이 대체 무엇이냐고 늦가을 서리 같은 목소리로 물었다. 당황한 K는 '그게 아니라'를 내세웠다. 선생은 그게 아니라면 소문이란 말을 꺼낸 이유가 도대체 무엇인지를 물었다. K가 아무 말도 못하자 선생은 K를 똑바로 보며 말했다.

"넌 벌레만도 못한 인간이다. 가라."

K는 아이스커피를 마시며 전날 읽었던 시구를 떠올렸다.

남아는 가련한 벌레, 죽을 걱정을 품고 문을 나선다.°

K가 '벌레' 운운하는 말을 내뱉은 건 선생 때문이 아니라 시구 때문이었을 것이다. 그러나 다르게 생각할 수도 있었다. 시에 등장하는 '벌레'와 K가 내뱉은 '벌레'의 의미는 달랐다. 시인은 가혹한 환경과 전쟁 때문에 언제 죽을지 모르는 북방 이민족 남자의 심정을 대변하는 시어로 '벌레'를 선택했다. K의 벌레는 '벌레만

° 유만주가 쓰고 김하라가 편역한 『일기를 쓰다1』(돌베개)에서 인용했다.

도 못한 놈'의 벌레일 뿐이었다. K는 교장을 욕하기 위해 벌레를
가져왔다. 교장은 K를 자꾸 J라고 불렀다. 강연을 하라 불러 놓고
이름조차 제대로 부르지 못하는 교장에게 짜증이 났다. 게다가
자기는 S 말고 다른 작가는 알지도 못한다는 말까지 덧붙이는 바
람에 더 짜증이 났다. 교장이 십일 분 동안 여덟 번째로 K를 J라고
부른 순간 K는 더 참지 못했다. 그게 바로 교장을 벌레로 부른 이
유였다.

시에 등장하는 벌레는 그런 종류의 개인적 모멸과는 거리가 멀
었다. 예를 들어 볼까. 아침에 일어나 가족들에게 인사하고 직장
에 출근한 뒤 광고탑에 올라가 농성을 하거나, 정부의 사죄를 촉
구하는 시위에 참가했다 구속되거나, 더 나은 세상을 원한다는
유서를 남기고 목숨을 끊은 남자들이 바로 언제 죽을지 모르는
가련한 벌레였다. 그러니 K가 '벌레' 운운한 건 시구와는 하등 관
계없는 일이었다.

전화벨이 울렸다. 받고 보니 교장이었다. 교장은 'K씨'가 무슨
이유 때문에 화가 났는지는 모르겠지만 미리 약속한 강연을 하
지 않는 것은 무책임한 일이라고 했다. K는 다 듣지도 않고 전화
를 끊었다. 기다렸다는 듯 매미가 쨍 하고 울었다. K는 아이스커
피 잔에 남은 얼음을 한꺼번에 입안에 털어 넣고는 벌레다운 벌

레 한 마리가 소리로 장악한 창밖 세상을 한참 동안 바라보았다.

학교, 혹은 추억

구차스러울 만큼 이런 말 저런 말 늘어놓으면서
되풀이하여 제 나름대로
삶을 그려보려는 것이 아닐까
그것은

— <그것은> 중에서°

지하철 출구를 빠져나와 지상에 발을 디딘다. 정면으로 비치는
햇빛에 잠시 멈칫한다. 걸음이 그 틈새를 파고들며 자신의 의사
를 강하게 피력한다.

'거리'로 갈 거야.

내친걸음이다. 아직 해도 지지 않았다. K는 침묵으로 동의를 표
한다. 공식적인 행보의 자격을 얻은 걸음은 거침없이 앞으로 나
아간다. K가 그 리듬에 몸을 맡길 무렵 걸음은 갑자기 멈춘다. K
는 어리둥절한 상태로 주위를 본다. 낡은, 익숙한, 그리운 간판 하
나가 눈에 들어온다. 약국 앞이다. 거리가 시작되는 지점이다. K
는 걸음이 왜 멈춰 섰는지 알지 못한다. 걸음은 몇 발짝 더 걷는
친절을 베푼다. K는 거리와 마주한 뒤에야 이유를 깨닫는다. 거

° 　김광규가 쓴 「처음 만나던 때」(문학과지성사)에서 인용했다.

리는 면모를 일신했다. K가 떠나 있었던 동안 거리는 면모를 일신했다. 태어나서 처음으로 『대학』 경문을 읽고 '그래, 이게 바로 내가 찾던 길이야.'라며 무릎을 탁 친 초짜 선비처럼, 거리는 앞날에 대한 계획도 없이 일신, 또 일신했다. 고즈넉했던 단독 주택들의 거리, 오랜 시간 동안 마음속으로 그리고 또 그렸던 그리운 거리는 사오층 빌라촌으로 환골탈태했다. 선무당은 무자비한 성형으로 거리의 뼈와 태마저 바꾸어 놓았다. 거리는 거리이되, 더 이상 거리가 아니었다. K는 '에프'로 시작하는 욕을 내뱉는다. 교만한 거리는 묵묵부답으로 응수한다. '씨'로 시작하는 욕까지 더하자 거리는 곧바로 본성을 드러낸다. 서늘한 바람 한 줄기를 쏘아 붙이는 것으로 방문객의 무례를 응징하고 나선다. 초겨울의 바람은 매몰차다. K는 눈을 질끈 감았다 뜬다. 왼편의 사층, 혹은 오층 빌라, 오른편의 오층 혹은 사층 빌라를 보며 중얼거린다.

돌아갈까?

질문의 형식을 갖춘 K의 말에 응수한 건 빌라가 아니라 걸음이다. 걸음은 무작정 앞으로 내딛는 것으로 제 의지를 다시 한 번 알린다. K는 못 이기는 척 몸을 맡긴다. 걸음은 제가 아는 가장 우직한 방법을 전가의 보도로 꺼내 든다. 걷고 또 걷는 것. 하지만 빌라촌은 만만한 상대가 아니다. 빌라촌의 빌라가 대개 그렇듯

61

거리의 빌라 또한 유사성을 제일의 덕목으로 삼았다. 첫 번째 골목의 사층 혹은 오층 빌라와 두 번째 골목의 오층 혹은 사층 빌라는 층수만 다를 뿐이다. 걸을수록 유사성은 더 심화된다. K의 앞에 선 사층 혹은 오층 빌라는 방금 지나온 오층 혹은 사층 빌라와 하나도 다르지 않다. K는 혼란을 느낀다. 혼란은 혼란을 낳는다. 마침내 K는 앞뒤와 좌우의 구별마저 못하게 되는 심오한 자폐의 경지에 도달한다. K는 아예 입을 벌린다. 수십 개의 골목과 수백 채의 빌라로 이루어진 거리는 거대한 미로다. 도로를 질주하던 아해들도 길을 잃고 눈물을 터뜨릴 것이다. 그 와중에 수확이 없지는 않았다. 오래전에 거리를 떠났으며 몇 년 전엔 세상마저 등진 옛 친구의 집을 우연히 발견했던 것. 기쁘기보다는 허망하다. 왜 그런가 하면 옛 건물의 자취가 그대로 남아 있는 그 집에는 '막달라 마리아의 작은 수녀회'라는 명패가 붙어 있었기 때문이다. K는 입으로 막달라 마리아의 작은 수녀회를 소리 내어 읽어 본다. 아무런 감흥도 느껴지지 않는다. 막달라 마리아, 막달라 마리아, 막달라 마리아 하고 막달라 마리아를 반복해 읽던 K는 오 마이 갓, 이라는 탄식인지 찬양인지 구분이 되지 않는 단어를 명패에다 내뱉은 후 곧바로 뒤돌아선다.

한 시간 정도 더 K를 끌고 다닌 후에야 걸음은 포기 선언을 한다. 걸음을 비난해서는 안 되리라. 초겨울임에도 K의 몸에 땀을 흐르게 했으니 20분 산책이 고작이었던 걸음으로서는 할 도리는 다한 것이다. 믿음직하지는 않아도 우직했던 조력자를 잃은 K는 어떻게 했나? K는 가까운 전봇대 옆에 쪼그리고 앉는다. 소맷부리로 땀을 닦는다. 고양이 한 마리가 지나간다. 위아래로 K를 훑어보며 지나간다. K가 입을 벌리고 위협을 가해도 고양이는 느긋하게 위아래로 훑어보며 지나간다. 왠지 모욕을 당한 기분이다. 일어서려는데 머리가 띵하다. 허물어지려는 몸뚱이를, 전봇대를 잡고 버틴다. 현기증은 고양이처럼 느긋하게 K의 왼쪽 머리에서 오른쪽 머리까지 순환한 후 사라진다. 다시 선 K의 눈앞에 네 개의 골목이 동시에 보인다. K는 네 개의 골목을 보며 학창 시절 수도 없이 풀었던 사지선다형 문제를 떠올린다. 그러나 이내 고개를 젓는다. 네 개의 골목은 사지선다형 문제보다 냉정하다. 사지선다형 문제엔 답이라도 있었으나 네 개의 골목은 출구 없는 미로일 뿐이다. 하여 열려 있으나 실은 막다른 골목에 다다른 K는 『대학』의 또 다른 경문, 격물과 치지를 떠올린다. 물의 본성을 파고, 파고 또 파고들면 결국엔 앎에 이른다는 지극히 상식적인, 아니 지극히 상식적인 것들이 대개 그렇듯이 지극히 몰상식하고 그래서 비현실적이기까지 한 경문을 떠올린 이유는 별것 아니다.

63

다른 방법이 없었기 때문이다. 이 모든 건 실상은 K가 자초한 일이었기 때문이다. 무슨 말인가? 지하철에서 출구를 빠져나와 지상에 발을 내딛기 전, 잘못된 출구였다는 걸 분명히 알아차렸음에도 걸음에게 멈추라고 명령하지 않았기 때문이다. 걸음에게 책임을 전가한 뒤에는 또 어떠했나? 소금 기둥이 될까 두려워하는 사람처럼 뒤도 돌아보지 않고 걷고 또 걸어 곧장 거리로 들어섰다. 거리는 어떠했나? 거리는 거리이되, 그리고 또 그렸던 그리운 거리는 아니었다. 일신 또 일신한 미로 같은 거리 앞에서 지난 세기의 유물로 전락한 K의 감각은 철저하게 무기력했다. 하여 열렸으나 닫힌 골목 앞에서 웅크리고 앉아 소맷부리로 땀을 닦으며, 고양이에게 희롱당한 후 일어나다 현기증을 느껴 전봇대에 의지하고서야 정신을 차린 K는 경문을 떠올리기 직전 무엇을 느꼈던가? 그건, 두려움이다. 거리에 갇힐까 봐 두려웠다. 기억 속의 거리, 수없이 그리고 또 그렸던 그리운 거리가 아닌 21세기의 낯선 빌라촌 거리에 영원히 머물게 될까 봐 무서웠다. 그래서 경문을 떠올린 것이다. 격물하고 치지하지 않으면 그 두려움에 굴복한 나머지 스무 살 그날처럼 아예 눈물을 터뜨리고 행패를 부릴까 봐.

효과는 있었다. 한신의 수하도 아니면서 뒤에 강물이 있다고 생각하니 결의가 생긴다. 이왕 몰린 것, 사람이 이기나 사물이 이기나 끝까지 붙어 보자는 독한 마음이 슬쩍 기지개를 켠다. K는 그 마음에 의지해 주먹을 움켜쥔다. 주먹을 움켜쥔 채 거리의 골목을 다시, 뒤진다. 경문이 힘을 잃을까 봐 연암의 문장도 호출한다. 길을 못 찾겠거든 차라리 눈을 감고 가라는 준엄한 일침!° 질끈 감고 가기엔 자신이 없어 가늘게 눈을 뜨는 것으로 연암과 타협한다. 하여 왼손엔 주희의 경문을 오른손엔 연암의 문장을 들고 걷는 셈이 된다. 주희와 연암의 힘은 강하다. 흔적들이 눈에 들어온다. 주머니에 손 넣고 걸었을 땐 모르고 지나쳤던 흔적들이 주먹을 쥐고 눈을 가늘게 뜨자 명약관화하게 보인다. 공기처럼, 물처럼, 꽃처럼 명약관화해서 여태 왜 몰랐던가, 하고 자책할 만큼. 자세히 보니 빌라촌은 아파트 단지와는 다르다. 싹 밀고 새로 짓는 아파트 단지, 겉보기엔 깔끔하나 실은 냉정한 아파트 단지에 비하면 빌라촌은 인간적이다. 다시는 돌아보지 않겠다, 모진 마음먹고 가다가도 미련을 못 버려 또 한 번 머뭇거리는 붉은 머리 여자처럼. K는 어느 사층 혹은 오층 빌라 뒤편에서 시멘트로

° 『연암집』 중 연암이 창애에게 보낸 두 번째 답장에 나온다.
　'화담 선생(서경덕)이 밖에 나갔다가 울고 있는 사람을 보았다. 이유를 물으니 대답은 이렇다. '다섯 살 때부터 장님이 되어 스무 해를 살았습니다. 그런데 오늘 갑자기 세상 만물이 훤히 보이는 것 아니겠습니까? 길이 여러 갈래고 집들도 많아 도저히 제 집을 찾을 수가 없습니다.' 화담 선생의 답은 이렇다. '네 눈을 다시 감으면 네 집이 보이리라.'"

65

보수한 티가 역력한 옛 담벼락을 발견한다. 침을 꿀꺽 삼킨 K는 돌아서서 감나무를 찾는다. 있다. 맞은편 오층 혹은 사층 빌라 건물 옆에 감나무가 엉거주춤하게 서 있다. 감나무는 바람에 편승해 가지를 살짝 흔드는 것으로 빌라의 곁다리 신세가 된 자신의 불편한 심기를 노출한다. 담벼락과 감나무, 그렇다면 남은 건 하나뿐이다. 두리번거릴 필요도 없다. 그것은 열 걸음도 안 되는 곳에 있었으니. 계단이 있다. 하나, 둘, 셋. 세 개의 계단이 K의 앞에 있다. 보란 듯이 확실하게 있다. 지금껏 그 계단을 찾지 못했던 게 이상할 정도로 명료하고 확실하게 있다. 아, 하고 탄식하는데 무언가가 손가락에 툭, 떨어진다. 잠시 후 또 툭, 떨어진다. 비다. 내내 맑았던 하늘, 청명했던 하늘에서 비가 내린다. K는 손바닥을 펴서 비의 양을 측정한다. 비는 툭……툭 내린다. K는 손바닥을 편 채 고민한다. 대략의 측정 결과로 볼 때 이슬비보다는 굵고 가랑비보다는 가늘었다. 이슬비와 가랑비의 사이인 셈이다. 그렇다면 이 비를 뭐라고 불러야 하는 걸까? K는 계단을 앞에 두고 고민한다. K는 작가다. 어휘력이 부족한 작가다. 하여 K는 툭……툭 내리는 비를 지칭할 올바른 단어를 찾아내지 못한다. 그래서 무엇을 했나? 이슬비와 가랑비 사이를 그네 타듯 오가며 내리는 비를 맞으며 계단 앞에서 서성거린다. 적절한 어휘를 찾을 때까지는 결코 계단을 내려갈 수 없는 비극의 주인공이기라도 한 것처럼. 그러나 서성거림의 끝은 이미 정해져 있다. 왜냐고? K가 단어를 발견할 가능성은 희박했으나 세 개의 계단의 존재감은 반석처럼 굳건했으므로. 단어는 처음부터 머릿속에 없었으나 계단은 줄곧 눈앞에 있었으므로. 무엇보다도 K는 어휘력이 부족한 작가이지 비극의 주인공이 아니므로. K는 주머니에 손을 집어넣는다. 걸음을 내딛는다. 계단을 내려간다. 하나, 둘, 셋, 세 개의 계단을 내려간다. '망치 소리 내 맘을~'로 시작되는 노래까지 흥얼거리며 하나, 둘, 셋, 세 개의 계단을 내려간다. 노래의 망치로 가슴을 두드려 맞으며 내려간 계단 아래 풍경은 짧은 문장으로 요약 가능하다. 다른 세상. K는 다른 세상에서 무엇을 보았나? '그곳'엔, 네가 있었다.

계단 아래 네가 있었던 것, K로서는 생각지도 못했던 일이다. 네가 전공한 언어의 표현에 따르면 계단 아래서 마주치리라 믿었던 가장 마지막 사람이 바로 너였다는 뜻이다. 그러나 K는 작가의 본능으로 상황을 판단한다. 일어나지 말아야 할 일 같은 건 세상에 없다. 소설은 그렇지 않다. 일반의 상식과는 달리 소설은 비논리적이면서도 논리적이고, 세상은 논리적이면서도 비논리적이

다.(그러므로 소설 쓰고 있네, 라며 비아냥거리는 건 옳지 않다.) 게다가 너에겐 '그곳'에 있을 만한 당위성이 충분하다. 무슨 말인가 하면, 하나, 둘, 셋, 세 개의 계단 아래 그곳, 사층 혹은 오층 빌라가 서 있는 그곳은 원래 너의 집이 있던 자리였으니 말이다. 1, 2년 짧게 살았던 곳도 아니었다. 너는 결혼해서 후쿠오카로 떠나기 전까지 10년 이상을 그 집에서 살았다. 그러므로 그 집은 네가 한국에서 살았던 마지막 집이었다. 그러니 너에겐 논리 여부를 떠나 너의 집이 있던 자리를 보러 올 자격이 충분했다. 사실 궁색한 변명을 해야 하는 건 네가 아닌 K다. 하여 반가움, 혹은 의아함에 놀란 눈을 한 너에게, 여기까지 웬일이니, 라고 묻는 너에게 K가 꺼낸 말은 근처에 왔다가, 이다. K는 씩 웃고 머리를 긁적이는 걸로 재빨리 마무리를 짓는다. 양치기 소년만도 못한 치졸한 변명이라는 사실을 그 스스로 잘 알기 때문이다. K의 집은 서울 남쪽에 자리한 위성 도시에 있다. 홀로 사는 K의 삶은 몇 줄로 요약 가능하다. 열흘에 아흐레는 집에 머물렀고, 남은 하루는 업무에 관련된 사람들이나 몇 안 되는 친구들을 만나는 데 썼다. 대개의 만남은 광역 버스로 한 번에 도달할 수 있는 도심, 예를 들면 광화문이나 종로에서 이루어졌다. 거리는 어떠한가? 광역 버스에서 내려 지하철을 두 번이나 갈아타야 올 수 있는 곳이다. 게

69

다가 K의 가족 중 그 누구도 이제는 거리에 살고 있지 않다. 조금 과장해 말하자면 K가 거리 근처에 올 일은 낙타가 사육사를 물어 뜯고 동물원을 탈출할 확률보다 조금 높다. 다행히 너는 더 캐문지 않는다. 웃음 한 번 짓고 고개 한 번 끄덕이곤 우산을 편다. 네가 우산을 들고 다가오자 K는 한 걸음 뒤로 물러선다. 너의 눈빛이 왜 그러느냐고 묻는다. K는 가랑비라면 옷깃이 젖겠지만 지금 내리는 비는 이름은 정확히 몰라도 가랑비보다는 가늘고 이슬비보다는 굵으니 조금 맞는다 해도 불편해서 못 견딜 만큼 옷깃이 젖는 일은 죽었다 깨어나도 생기지 않을 거라고, 중언부언하고 횡설수설한다. 너는 웃으며 한 걸음 더 다가온다. K는 살짝 물러난다. 뒤꿈치에 계단이 닿는다. 계단을 오르지 않는 이상 더 물러 갈 곳은 없다는 뜻이다. 하여 K는 그 자리에 섰고 그러는 사이 너는 다가와 서서 K의 신장에 맞게 우산을 살짝 들어 올린다. 놀라고 어리둥절하기는 했어도 정신을 아예 내려놓은 수준은 아니었던 K는 재빨리 우산을 받아 드는, 그로서는 드문 예의범절을 너에게 시현한다. 손이 자유로워진 너는 몸을 돌려 정면, 그러니까 너의 집이 있던 자리에 들어선 사층 혹은 오층 빌라의 입구를 본다. K가 50부터 세기 시작했던 카운트다운이 3에 도달했을 즈음 너는 짤막한 감상평을 내놓는다.

이상해.

다음 말은 없다. 초조해진 K는 아무 말이나 내뱉는다.

그렇지. 이상하지.

무성의하게 내뱉은 말의 의미를 음미할 사이도 없이 너의 또 다른 질문이 이어진다.

뭐가 제일 이상하니?

수많은 대답들이 머릿속을 오간다. 머리가 뭉개진 나사처럼 하나같이 쓸모가 없다. K는 나사를 버리고 송곳으로 잽, 잽, 짧게 찌르고 반문하는 전략을 채택한다.

너는?

너의 눈이 커진다. 너는 주먹으로 K의 가슴을 툭툭 친다.

대답 미루는 버릇은 여전하네.

K는 언제 그랬어, 라고 되묻고 싶다. 그러지 못한다. 아니, 그럴 수 없었다. 네 손이 닿았던 가슴 부분이 불에 덴 듯 뜨거워졌기 때문이다. 심장이 2배속, 4배속, 8배속, 16배속으로 뛰었기 때문이다. 뜨겁고 빨라진 심장은 느닷없이 고등학교 때의 급훈을 가져온다. 우리는 지금 용광로 속에 있다. 선생의 말이 끝나기 무섭게 뒷자리에 앉았던 아이가 그럼 죽지 않냐, 라고 투덜거렸던 기억도 함께 가져온다. K는 어떻게 했던가? 그 말에 피식 웃다가 선

71

생에게 들켜 뺨 한 대 얻어맞았다. 춘추전국시대의 유자儒子처럼 유약해 보이던 선생의 손바닥은 조광조의 언설처럼 몹시 매웠다. 쓸쓸한 기억의 효과로 덩달아 뜨거워진 뺨을 손등으로 살짝 쓰다 듬으며 풋내기 작가처럼 엉성하게 둘러댄다.

그럼 계단이라고 답할까? 대개 계단이란…….

무슨 소리 들리지 않아?

너는 고개를 살짝 돌려 계단을 본다. 네 시선을 따라 K도 계단을 본다. 너의 말대로 무슨 소리인가가 들린다. 툭툭툭, 툭툭툭. 빗소리의 템포보다는 훨씬 빠르다. 소리는 점차 커진다. 불안해진 K는 도대체 무슨 소리야, 라는 말을 입 밖에 낸다. 너는, 아무 말도 듣지 못한 사람처럼 계단에서 눈을 떼지 않는다.

저 아이였네.

교복을 입은 소녀가 빠른 걸음으로 계단을 내려온다. 소녀는 K의 얼굴을 잠깐―이라기보다는 찰나, 아니 그보다는 탄지에 더 가까운―보았다가 너의 집이 있던 곳에 들어선 사층 혹은 오층 빌라의 입구로 들어간다. 소녀의 집은 이층인 것이 분명하다. 계단 오르는 소리가 들리더니 현관문 열리는 소리, 닫히는 소리가 곧바로 이어진다. K는 우산을 쥐지 않은 왼손으로 눈을 비빈다. 이름도 모르는 비의 효과일까, 눈에서 꿀렁꿀렁 소리가 난다. 눈

속에 바다가 있다, 는 문장이 떠오른다. 비현실적인 소리와 터무니없는 연상에 두려워진 K는 재빨리 다시 눈을 뜨곤 소녀가 들어간 빌라의 입구를 다시 본다. 고요하다. 툭툭툭, 툭툭툭 걸음 소리, 계단을 오르고 현관문이 열렸다 닫히는 소리의 기억이 어젯밤 꿈처럼 아득하기만 하다. 그럼에도 소녀의 얼굴만은 생생하다. 손가락 튕길 만큼의 시간 동안만 보았는데도 용광로가 된 가슴에 아예 아로새겨졌다. K는 흥분을 가라앉히려 애를 쓰며 차분하게 질문을 던진다.

아는 아이야?

아니.

저 아이, 익숙하지 않니?

또 무슨 소리 들리지 않아?

너는 K의 후속 질문엔 답하지 않은 채 다시 한 번 계단에 사로잡힌다. 너의 말대로 또 무슨 소리가 난다. 툭…툭…툭, 툭…툭…툭. 조금 전 소리보다 낮고 무겁다. 대신 템포는 좀 더 느리다.

이제 무슨 일인지 알겠네.

너는 계단을 향해 집게손가락을 살짝 뻗는다. 소년이 계단을 내려온다. 소년은 소녀가 들어갔던 사층 혹은 오층 빌라의 입구에서 걸음을 잠깐—보다는 조금 길게, 보다 정확히 말하자면 잠

73

깐에 찰나와 탄지를 더한 만큼―멈췄다가 대각선 지점에 자리
한 오층 혹은 사층 빌라의 입구로 사라진다. 너는 빙긋 웃더니 소
녀가 들어간 사층 혹은 오층 빌라 앞으로 간다. 예상치 못한 움직
임에 화들짝 놀란 나머지 K는 우산을 놓친다. K는 우산을 다시
집어 들고는 허둥지둥 너의 뒤를 따라간다. 너는 무엇을 했는가?
너는 청나라의 숙련된 석공처럼 빌라의 외벽을 정성스레 만진다.
　어디선가 읽었는데……빌라는 아파트랑 달라서 시간의 흔적
들이 남아 있대. 잘 찾아보면 그 흔적들이 보인대.
　K가 그 말의 뜻을 생각하는 동안―'시간을 쌓는 석공'이라는
비논리적인 용어가 떠올라 너의 문장, 자신의 문장의 의미를 동
시에 고민하는 동안―너는 외벽에서 손을 뗀다. 표정만으론 네
가 흔적을 찾았는지 못 찾았는지 알 도리가 없다. 너의 표정이 갑
자기 밝아진다. 너는 아래쪽 길, 그러니까 소년이 들어간 오층 혹
은 사층 빌라의 아래쪽 길을 가리킨다.
　저 밑에 카페, 기억나니?
　K가 중증 치매 환자가 아닌 이상 그 카페를 잊을 수는 없으리
라. 아니 중증 치매 환자가 되더라도 그 카페만은 기억할 것이다.
너와의 관계가―혹여 관계라고 말할 수 있다면―종지부를 찍
은 곳, 어리석게도 끝내 눈물까지 보였던 그 카페를 소심하면서

도 집요한 K가 어떻게 잊을 수 있겠는가? 카페를 나온 후 거리의 가게에서 술을 사 마셨고 그 술기운을 무기 삼아 부렸던 행패 또 한 오래된 담벼락에 요령 없이 새로 덧붙인 시멘트 자국만큼이나 기억에 선명하게 남아 있다. 물론 이제 K는 그 참혹한 기억을 입 밖에 낼 만큼 어리석지는 않다. 하여 고개 한 번 끄덕이지 않고 정치인처럼 애매하게 웃기만 한다. 너는 K가 보인 정치적인 애매함을 무시한다. 오늘따라 행동주의자가 된 너는, K의 소매를 확, 잡아끈다.

지금 우리에겐 커피가 필요해.

의외의 완력에 K의 몸이 휘청한다. 간신히 중심을 잡은 K는 자신이 오전에만도 이미 세 잔의 커피를 마셨다는 사실을 떠올린다. 하루 세 잔의 커피, 그건 K가 자신과 한 약속이다. 원칙주의자인 K는 약속 따위는 무시하고 그래, 라고 동의를 표한다. 약속이건 뭐건 일단은 정신을 차려야 살 수 있다. 그것이 K의 진심이다. 지금 K에게는 뜨겁고 쓴 커피 한 잔이 절실하다.

카페는 여전如前하다. 거리가 면모를 일신하고 뼈와 태까지 다 바꾸었음은 전술한 바와 같다. 카페가 공간을 빌린 건물 또한 거리에 속한 까닭에 시류에 편승, 사층 혹은 오층 빌라로 바뀌었는데, 카페는 석공의 손길을 전혀 받지 못한 것처럼 여전하다. 독일풍의 거친 이름도 여전하고, 6, 70년대 리버풀 혹은 맨해튼 거리에서 취재해 그대로 옮겨 가져온 것 같은 음악도 여전하고, 삐거덕거리는 마룻바닥도 여전하다. 그래서 반가웠던가? 그렇지는 않다. K의 마음을 표현하는 올바른 단어는 이질감이다. 카페는 여전해서 이질적이다. 시간의 흐름에 맞서 버티고 싸우며 자신의 위치를 고수했다기보다는 독립된 시간 속에 존재해 왔던 것 같다. K는 '후 박사'의 애장품인 타디스TARDIS(Time And Relative Dimension In Space)를 타고 시공간을 이동해 온 느낌을 떠올린다. K가 느닷없이 주인의 외모를 트집 잡은 데에는 그러한 이질감 내지 반감이 한몫을 했을 것이다.

불공평해. 주름도 하나 없네.

항상 K편인 인심 좋은 편집자조차도 K의 외모를 보고 여전하다고 말하지는 않는다. K가 보기엔 너 역시 그러하다. 또래보다 동안이었던 너 또한 세월의 공세를 견뎌 내지는 못했다.(안타깝다는 의미는 결코 아니다. 화장도 하지 않은 민얼굴의 너는 세월의 흔적을 감추려고 노력하지도 않았다는 점에서 차라리 비범하다.) 주인은 다르다. 주인의 얼굴은 카페처럼 여전하다. K는 수십 년간 같은 얼굴을 유지했다는 전설의 책쾌 조신선을 떠올린다.

근본주의자 정약용이 가졌던 의문에 비로소 공감한다. 정약용이 <닥터 후>를 보았으면 좋았을 거라는, 얼토당토한 생각도 해 본 다. K의 트집을 들은 너는 뭐라고 답을 했나? 너는 K의 말이 들리지 않는 사람처럼 꼼짝도 않고 바깥 풍경을 보고 있을 뿐이다. K는 네가 보고 있는 바깥 풍경을 본다. 이슬비와 가랑비 사이의 비가 쉬지 않고 내리는 오후의 거리는 탄광 도시의 낡은 놀이공원처럼 조용하기만 하다. 개미까지는 몰라도 사람은 하나도 없다. 카페 안도 조용하긴 마찬가지다. 거미라면 혹 몰라도 손님이라곤 K와 너밖엔 없다. 주인이 커피를 가져온다. K에게 커피를 건네는 주인의 눈빛이 살짝 흔들린다. 어쩌면 주인은 K를 기억하는 건지도 모르겠다. 수백 번은 못 되어도 구십구 번은 족히 드나들었으니—그것도 홀로—그럴 만도 하다. 그러나 주인은 이내 무뚝뚝한 표정을 회복하고는 카운터로 돌아간다. 주인은 부산하다. 시디를 교체하고 있다. 교체의 결과가 스피커를 통해 공표된다. 철지난, 지나도 너무 지난 아바의 노래가 흘러나온다. 머리로 주인을 비웃는다. 그러나 이성과 감성은 일치하지 않는다. K는 자기도 모르게 파리에서의 추억을 다룬 그 노래를 흥얼거린다. 웃고 있는 너의 얼굴을 보고서야 입을 다문다. 너는 커피 한 모금을 입에 넣는다. 이덕무가 애호하던 사탕이라도 되는 양 입안에서 한참을

굴리다가 삼킨 너는 느닷없이 소년을 언급한다.

조금 전의 그 남자애, 기억나?

그럼.

너랑 똑같이 생겼더라. 이상하지 않니?

K는 커피 한 모금부터 마시기로 한다. 커피는 맹탕이다. 에스프레소에 물을 두세 스푼 넣어 마시는 습관을 가지고 있는 K에게 주인이 내온 커피는 보리차보다 더 순한 정체불명의 액체다. 이제껏 해온 추리의 연장 선상에서 보자면 커피 맛 또한 여전할 것이다. 안타깝게도 K의 감각은 문턱이 닳도록 드나들었던 시절의 커피 맛을 기억하지는 못한다. K는 판단을 너에게 미룬다.

커피가 너무 싱겁지 않니?

너는 턱을 살짝 까딱하는 걸로 대답을 대신한다. K는 작가 이전에 노련한 독자이기도 하다. 무언의 대답을 한 너의 심중을 읽는다. K가 읽은 문장은 이러하다.

딴소리하지 말고 대답이나 해.

꼼짝없이 대답해야 하는 처지에 몰렸음에도 K는 곧바로 대답을 하지 않는다. 아니 할 수 없다. 왜 그런가? K도 두 눈 똑바로 뜨고 있었기에 소년의 얼굴은 확실히 보았다. 소녀의 얼굴처럼 아로새겨지진 않았어도 기억에는 남았다. 단도직입적으로 말하자면 눈매가 부리부리한 소년은 K와 전혀 닮지 않았다. 어렸을 때보다 훨씬 눈이 처져 버린 지금의 K와는 당연히 달랐고, 왕년往年, 그러니까 K가 소년 또래였을 때의 얼굴과 비교해도 비율과 형태 등 모든 것이 확연하게 달랐다. 그런데 왜 너는 소년과 K의 얼굴이 닮았다고, 그래서 이상하다고 말한 걸까? K는 너를 본다. 너의 질문은 생각보다 의미심장하고 기묘하다. 사실 네가 한 질문은 K가 하려고 한 질문과 똑같았다. 무슨 말인가 하면 K는 너에게 조금 전의 그 여자애, 너랑 똑같이 생겼더라, 이상하지 않니, 라고 묻고 싶었다는 뜻이다. K는 작가 생활을 하면서 익힌 기술, 요령껏 대답을 회피하는 신공을 발휘하기로 한다.

그랬나?

너는 K의 엉거주춤한 답변, 아니 차라리 반문 혹은 무의미라 불러야 옳을 답을 물고 늘어지지 않는다. 대신 커피 한 모금을 이번에는 연암이 술 들이키듯 빠르게 마시고는 주제를 전환한다.

그땐 정말 무서웠어.

툭툭툭 소리 내며 뛰다시피 걷던 소녀(K가 보기엔 너를 닮았으나 너는 지각하지 못한), 툭…툭…툭 소리 내며 때론 걷고, 때론 뛰어 처지지 않을 정도로 뒤따르던 소년(네가 보기엔 K를 닮았으나 K는 지각하지 못한)이 너로 하여금 왕년의 일을 떠올리게

79

한 것이 분명하다. K는 피식 웃음으로 동의를 표한다. 네 말을 들으니 명확해진다. 애초부터 길은 한 줄기였던 것. 계단을 내려온 이상 다른 길은 아예 없었던 것. 하여 K는 변명은 하지 않기로 한다. 너는 손톱으로 커피 잔을 톡톡 빠르게 두드린다. 그 소리가 제법 경쾌해 K도 커피 잔을 두드린다. 그렇지만 툭툭 무딘 소리만 날 뿐, 톡톡 경쾌한 소리는 나지 않는다. 너는 시범이라도 보이듯 다시 한 번 커피 잔을 빠르게 두드린다. 두드리고 또 두드린다. 톡톡, 톡톡, 톡톡, 톡톡……. 커피 잔을 경쾌하게 두드리는 너는 옛 기억의 호출자다. 꿈을 불러내는 아파치의 주술사다. 커피 잔 속에서 커피가 출렁이고 머리통 속에서 기억이 출렁인다.

너는 말한다.

그날도 비가 내렸어.

K는 너의 말을 들으며 커피 잔에서 출렁대는 왕년의 그날을 두 눈으로 똑똑히 본다. 너의 말처럼 그날도 비가 내렸다. 그러나 지금 창밖에 내리는 비와 똑같지는 않다. 그날의 비는 툭…툭 내렸다. 이슬비와 가랑비 사이가 아닌 가랑비였다는 뜻이다. 또 하나의 차이는 시각이다. 가랑비 내리던 그날의 일은 밤에 일어났다. 한 주의 마지막 야간 자율 학습을 마치고 귀가하는 도중이었으니

열시가 조금 넘었을 것이다. 정리하자. 늦은 밤, 가랑비가 내리는데 우산도 없는 너는 전혀 서두르지 않았다. K로서는 처음 보는 교복을 입은 너는 지속적으로 노출될 경우 옷깃을 적실 수도 있는 가랑비를 즐기기라도 하는 것처럼 천천히 걸었다. 등에 메어야 할 빨간 가방을 손에 쥐고 앞뒤로 흔들며 천천히 걸었다. 분위기가 바뀐 건 거리에 들어서면서부터였다. 아니, 정확히 말하자. 거리에 들어서기 바로 전, 거리로 들어가는 관문이라 할 약국 앞에서부터라고 말해야 한다. 가방을 흔들며 콧노래까지 흥얼거리며 천천히 걷던 너는 약국 간판 밑에 이르자 갑자기 뒤를 돌아보았다. 갑자기 멈춰 설 때 나타나기 마련인 전조, 즉 움찔하는 동작도 없이 너는 뒤를 돌아보았다. 너의 뒤, 175센티미터 신장의 성인 남자 기준으로 열 발짝쯤 뒤에서 걷던 K는 '무궁화 꽃이 피었습니다' 놀이를 하는 아이처럼 재빨리 걸음을 멈추었다. 그러나 너의 동작은 통상적인 술래의 뒤돌아보는 동작보다 훨씬 빨랐고, 멈춰 서는 K의 동작은 놀이에 익숙한 아이보다 서너 배 굼떴다. K는 잠시 넋을 놓았다가 돌연 견제사한 1루 주자처럼 모자를 고쳐 쓰고는 네가 본 사람이 자신의 뒤에 버티고 서 있기라도 한 것처럼 괜히 뒤를 보았다. 그때부터 네 걸음이 빨라졌다. 풍류를 즐겼던 너는 미행객의 존재를 눈치챘으나 그 사실을 알리고 싶어

하지 않는 사람처럼 아무렇지도 않은 척, 조금 빠르게 걸었다. K 는 어떻게 했나? 이미 죽은 주자답게 벤치로 귀환했나? 아니었 다. K도 덩달아 빠르게 걸었다. 얼마나 빠르게 걸었느냐 하면 눈 으로 열 발짝 거리를 계속해서 가늠하며 걸었다. 너는 조금 더 빠 르게 걸었고 K 또한 변화된 속도에 맞춰 보폭을 조절했다. 열 발 짝 거리를 지키지 않으면 길바닥 귀신에게 잡아먹히기라도 하는 사람처럼 끈질기게 간격을 유지하며 걸었다. 하나, 둘, 셋, 세 개 의 계단이 보이는 골목에 들어선 후 너는 어떻게 했던가? 너는 일변했다. 너는 100미터 주자처럼 달렸다. 너의 붉은 가방이 요 란한 소리를 냈다. K는 어떻게 했던가? 계단이 보이는 골목 입구 에서 걸음을 멈췄다. 골목 입구에서 멈춰 서서는 너의 집 앞에 선 네가 다급하게 벨을 누르고 문을 두드리는 걸 보았고, 보채는 너 에 비하면 너무 느리게 열린 문 안으로 서둘러 뛰어 들어가는 것 을 보았다. K는 너의 집 현관문이 열렸다 닫히는 것까지 확인한 후에야 다시 걸었다. 하나, 둘, 셋, 세 개의 계단을 천천히 내려가 고 있는데 너의 집 문이 확 열렸다. 안 그래도 너의 집 쪽에 시선 을 두고 있던 K는 심장이 내려앉는다는 말이 괜히 나온 말이 아 님을 몸 전체로 깨달았다. 너의 집에서 남자가 튀어나왔다. K와 신장이 비슷한 남자, 언뜻 보아도 K보다 나이가 세 배는 많아 보이는 남자—격렬한 행태로 보아 너의 아버지가 분명한—가 테니스공처럼 튀어나와 K의 멱살을 움켜쥐었다. 남자는 틈도 주지 않고 K를 벽으로 밀어붙였다.

나이도 어린 놈이 벌써부터 몹쓸 짓을 하는 게냐?

놀란 와중에도 깨달음이 왔다. 기세에 비하면 완력은 대단치 않다는 것. 분노에 비해 언사가 점잖다는 것. 남자는 무반이 아닌 문반임이 분명했다. 하여 친구들과의 팔씨름에서조차 한 번도 이겨 본 적이 없는 약골 K는 어렵지 않게 남자를 밀치고 벽에서 빠져나왔다. 변명의 말이 필요한 그 순간, 스스로의 대변인이 되어야 할 그 순간, 너의 눈과 마주쳤다. 너는 겁먹지 않았다. 문 뒤에서 머리 내밀고 상황을 지켜보고 있던 너는 아예 밖으로 나와 남자 옆에 섰다. 너의 눈빛이 매서웠다. 남자의 완력보다 너의 눈빛이 더 간담을 서늘하게 했다. 졸지에 부녀 앞에 노출된 범죄 혐의자 K는 어떻게 했나? 법고창신法古創新을 몸으로 구현했다. 무슨 말인가 하면 홍국영의 위협에 연암협으로 튄 연암을 본받아 아래쪽 길, 카페가 있던 아래쪽 길로 삼십육계 줄행랑을 놓았다는 뜻이다.

그날 일을 떠올릴 때마다 똑같은 질문이 생각나.

K는 눈썹만 살짝 추켜올리고는 너의 다음 말을 기다린다. 너는 커피 잔을 톡…톡 두드린 후, 사탕 먹는 이덕무보다는 빠르고 술 들이키는 연암보다는 느리게 커피 한 모금 마신 후, 말을 잇는다.

그때, 왜 도망을 간 거야?

너의 말을 기다리는 사이 K는 마음속으로 네가 할 질문을 몇 가지 꼽아 보았다. 너의 질문은, K가 미처 예상하지 못했던 것이다. 그러나 너의 질문은 네가 이 시점에서 할 수 있는 유일한 질문이라는 사실을 K는 곧바로 깨닫는다. 그 질문을 입 밖에 냈다는 것, 그런 면에서 오늘의 너는 거침이 없다. 목이 마르다. 목을 축이고 싶은 K는 커피 잔을 든다. 그러나 보리차보다 순한 커피는 K의 취향과는 거리가 멀다. K는 커피 잔을 내려놓고 어금니를 깨문다. 침이 나온다. 침을 삼킨다.

왜 그랬어?

너의 질문이 날카로운 창이 되어 옆구리를 찌른다. 엘리 엘리 라마 사박다니. 예수의 고통어린 언사로 위로를 얻은 K는 너의 질문을 탁자 위에 올려놓고 어미를 바꾸어 본다.

왜 그랬을까?

어미를 바꾸니 기시감이 든다. 아니다. 잘못된 표현이다. 기시감은 처음 겪는 일을 겪었던 일처럼 느끼는 것을 말한다. 왜 그랬을까, 하는 물음은 실제로 K의 입에서 나왔던 질문이다. 한 번도, 두 번도, 세 번도 아닌, 수도 없이 나왔던 질문이다. 그러므로 K는 기시감이란 단어를 써서는 안 된다. 도주의 밤, K는 잠을 못 이루었다. 바로 왜 그랬을까, 때문이었다.

왜 그랬을까? 왜 그랬을까? 왜 그랬을까? 왜? 왜? 왜? 왜 그랬을까? 왜? 왜 그랬을까? 왜? 왜 그랬을까? 왜? 도대체 왜?

전전반측, K는 자신의 좁고 어지러운 방 안에서 때로는 왼쪽, 때로는 오른쪽, 몸의 방향을 바꾸고 또 바꾸며 스스로에게 물었다. 어려운 질문이었나? 그렇지는 않아 보였다. 문장은 간단했고 K는 명료하게 답하는 방법도 알고 있었다. 그럼에도 K는 끝내 답을 말하지 못했다. 대신 눈물 한 방울을 흘렸다. 간단하고 명료한 질문의 답 하나 말하지 못할 만큼 어리석은 자신에게 화가 난 나머지 사내답지 못한 눈물 한 방울로 전전반측의 밤을 마감했다.

그건.

그건?

왜 그랬을까?

허무 개그처럼 이어진 K의 대답에 너는 뜻밖에도 고개를 끄덕인다. 너의 담담함이 K를 당황하게 한다. 왠지 뒤통수를 맞은 기분이다. K는 환상 통에 시달리는 뒤통수를 만지려다 말고 고개를

85

돌려 밖을 본다.

고등학교 교복을 입은 왕년의 K가 카페 앞을 달려서 지나간다. K는 왕년의 K가 달리는 모습을 보면서 왕년의 K와 계단 아래에서 만난 소년은 하나도 닮지 않았다는 자신의 느낌이 맞았다는 사실을 다시 한 번 확인한다. 그러나 지금 K의 관심사는 소년이 아니다. K는 왕년의 K의 뒤를 좇아야 한다. 가랑비 내리는 도주의 밤, K는 네가 갑자기 돌아보았던 곳, 거리의 입구에 자리한 약국 앞까지 달린 후에야 비로소 질주를 멈추었다. 약국은 이미 문을 닫았고 불 켜진 '약' 간판이 약국의 존재를 대리 주장했다. K는 마치 약이 필요한 사람처럼 한참 동안 그 간판을 바라보다가 네가 걸었던 길을 터벅터벅 걸었다. 터벅터벅 걸음은 계단 위까지였다. 그러니까 하나, 둘, 셋, 세 개의 계단을 내려가기 전까지는 터벅터벅 걸었고, 계단을 내려와 너의 집을 지날 때는 허리 살짝 숙이고 살금살금 걸었고, 너의 집에서 대각선 방향으로 있던, 조금 전 소년이 들어갔던 오층 혹은 사층 빌라 자리에 있었던 자신의 집(집을 소유했다는 의미에서가 아니라 사는 집이라는 관행적 의미에서 볼 때)으로 들어갈 땐 도둑고양이처럼 빠르게 걸었다. 이삿짐 때문에 온통 어지러운 방에서 뭘 했는지는 이미 말한 바와 같다. 전전반측하며 질문, 또 질문하고는 눈물 한 방울을 흘렸다.

K는 사내답지 못한 눈물 한 방울로 그 일은 완벽하게 마무리가 되었다고(결과로 볼 땐 처참한 블론 세이브에 더 가깝지만) 여겼다. 소심하면서도 집요하면서도 치밀한 K는 다음 날 아침 학교에 가기 위해 집을 나섰을 때 어떻게 했나? 뒤도 보지 않고 계단 아래쪽 길, 카페가 있는 아래쪽 길로 달려갔다. 돌아올 때도 마찬가지였다. 조금 멀기는 했지만—그래봤자 2, 3분 차이이지만—고민 한 번 하지 않고 계단 아래쪽 길을 이용해 집으로 돌아왔다. 그러나 야구장이 낳은 위대한 철학자 요기 베라의 말대로 끝날 때까지는 결코 끝난 것이 아니었다. 일요일 아침 누군가가 벨을 눌렀다. 막 세수를 하려던 K는 아무 생각 없이 밖으로 나가서 문을 열었다. 문 앞엔 네가 있었다. 당황한 K는 다시 문을 닫았다. 너는 벨을 누르는 대신 탕탕, 소리도 요란하게 문을 두드렸다. K는 귀가 먼 사람처럼 그 소리를 무시하고 집 안으로 들어가다가 어머니와 마주쳤다. 어머니는 문 두드리는 소리가 들리지도 않느냐며 짜증을 냈다. K는 그러건 말건 신경도 쓰지 않고 집 안으로 들어갔다. 아니, 정확히 말하자면 현관문 뒤에서 멈추었다. 결국 문을 열어 준 건 어머니였다. 너의 목소리가 들렸다.

안녕하세요, 새로 이사 와서 떡을 좀 가져왔어요.

그래, 며칠 전에 짐 들어오는 거, 봤어요.

87

네, 이사는 수요일에 왔어요. 인사가 늦어서 죄송합니다.

괜찮아요. 그런데 말죽거리 살다 왔다면서요?

예.

아버지는 뭐하시는 분이시고?

교수세요.

부럽네. 참 부러워. 우린……. 그건 그렇고 참 똑 부러지게도 생겼네. 지금 몇 학년이에요?

고등학교 1학년요.

그래요? 우리 아들놈이랑 같네. 같은 고1인데 어쩜 이렇게 다를까? 나도 딸이나 하나 낳는 건데……저놈의 새끼는…….

다 들려.

K가 소리치지 않았더라면 어머니의 잔소리는 지구 종말의 날까지 이어졌을 것이 분명했다. K의 행동은 무례했다. 그 효용은 분명했다. 하여간 고마워요, 라고 말하고 어머니가 대화를 끝내려는 순간 네가 물었다.

여기 오래 사셨어요?

어머니가 뭐라고 대답했는지는 K의 귀에 들리지 않았다. 지금껏 당당하던 어머니의 목소리가 그 대목에서 갑자기 줄어들었기 때문이었다. 그러나 어머니가 했을 법한 말이 K는 하나도 궁금하지 않았다. 그건 저놈의 새끼라 불리는 불효자의 대명사 K, 어머니의 대화 의지를 고성으로 제지한 무례의 대명사 K로서도 충분히 추측할 수 있는 말이었기 때문이다. 잠시 후 현관문을 열고 들어온 어머니의 눈에는 눈물이 맺혀 있었다. 어머니는 눈물은 닦을 생각도 하지 않고 K에게 시루떡을 건넸다. K는 아무 말 없이 시루떡을 받았고 어머니는 안방으로 들어갔다. 누구야, 라고 묻는 아버지의 목소리가 들렸다. 알아서 뭐해, 라는 어머니의 목소리가 들렸다. K가 알아들을 수 있었던 내용은 거기까지였다. 아버지의 고함과 그에 맞서는 어머니의 고함을 들으며 K는 네가 가져온 시루떡을 손으로 뜯어 입에 넣었다. 떡은, 달았다.

아바의 뒤를 이은 건 비틀스다. 주인은 팝의 역사적 시간에 무관심한 게 틀림없다. <아이 워너 홀드 유어 핸드>의 경쾌한 리듬에 맞춰 고개를 살짝 살짝 흔들던 네가 갑자기 묻는다.

문학의 밤 기억나?

너는 커피 잔도 두드리지 않고 갑자기 물었다. 작정한 사람처럼 오래전 일을 주저도 없이 꺼내들었다. K가 아는 너는 어떤 사람이었나? 다른 건 몰라도 말하기를 즐기는 스타일은 아니었다. 꼭 해야 할 말도 곰곰 생각한 후 입 밖에 냈다. 그런 네가, 묵언 수

행을 막 마친 수녀가 수다 상자를 펼치듯 옛 추억을 계속해서 내놓는다. K가 기억하기로 K와 네가 옛 추억을 주제로 이야기를 나눈 적은 단 한 번도 없다. 아니, 둘이 마주앉아 이야기를 나눈 적도 거의 없다. K는 속으로 옛 추억이라는 단어를 발음해 본다. 옛사랑, 옛사람, 옛 추억, 옛날에 받았던 과자 선물 상자. 다 옛날이야기다. K는 갑자기 늙은 기분이 든다. 그래서 너를 본다. 너의 턱에는 약간의 살이 붙었다. 거울은 없지만 K는 자신의 이마에 굵은 주름이 있음을 알고 있다. 살과 주름. K가 너의 이야기를 글로 쓴다면 제목은 '살과 주름'이 될 것이다. K는 너에게 묻는다.

막달라 마리아의 작은 수녀회라고 알아?

뭐?

몰라?

모르지.

정말?

내가 수녀회 연구자라도 되니?

그런가?

싱겁긴. 무슨 소리니?

너랑 마주치기 전, 옛 친구의 집을 봤어.

그런데?

수녀회로 바뀌었더라.

수녀회?

그래, 수녀회. 막달라 마리아의 작은 수녀회.

기분이 이상했겠네?

놈은 더 이상했을 거야.

왜?

완전 마초 같은 놈이었거든.

옛 친구의 집 또한 마땅히 옛 시리즈에 포함시켜야 할 것이다. K에게 옛 친구는 '선망'이라는 단어와 동일시된다. 옛 친구는 어떤 종류의 인간이었나? 어린 시절의 행동 패턴을 그대로 유지해 어른이 되었다면 극악무도한 인간이라는 칭호를 얻었을 것이다. 또래보다 덩치가 컸던 옛 친구는 알밤 먹이기와 아이스케키의 달인이었다. K는 꼬붕이 되어 옛 친구의 뒤를 따라다녔다. 왜? 알밤을 먹지 않으려고? 아이스케키를 즐기려고? K는 예나 지금이나 타인의 신체를 학대하는 일에는 관심이 없다. 관계의 서열과 여성에 대한 차별도 경멸한다. 그렇다면 기꺼이 꼬붕을 자처했던 이유는 무엇이었나? 그건 탁구대 때문이었다. 옛 친구의 집엔 탁구대가 있었기 때문이었다. 옛 친구가 신사동으로 이사 갔을 때 K는 눈물 한 방울을 흘렸다. 옛 친구의 집에서 더 이상 탁구를 칠 수 없게 되었다는 현실이 가슴 아파서 눈물 한 방울을 흘렸고, 하여 그날 밤은 전전반측까지는 아니더라도 꽤 오랜 시간 잠을 이루지 못했다. K가 이 이야기를 들려주었다면 너는 당연히 질문을 던졌을 것이다.

왜 그렇게 탁구, 아니 탁구대에 집착한 거니?

K는 초등학교 일학년 때 처음 탁구채를 쥐었다. 그 시절 K의 집엔 커다란 방이 있었고, 그 방엔 탁구대가 있었다. K는 만능 스포츠맨이었던 아버지에게서 탁구를 배웠다. 아버지는 K의 실력이 늘지 않는 것을 어머니의 무딘 신경 탓으로 돌렸다. 그때만 해도 어머니를 사랑했던 K는 어머니가 부당하게 평가절하되는 것을 막기 위해 열심히 탁구를 익혔다. 아버지의 입에서 그렇지, 라는 말이 나오기 시작했을 무렵, 그러니까 K가 초등학교 3학년이 되었을 때, 탁구대가 사라졌다. 아니, 탁구대가 사라졌다는 건 오해의 소지가 있는 표현이다. K가 새로 이사 간 집에는 탁구대를 놓을 만한 공간이 없었다. 공간이 절반으로 축소된 새집에서 어머니는 늙은 여우처럼 밤마다 울었다. K는 주워들은 풍월로 아버지의 사업이 실패했으며, 새집은 전셋집이라는 사실을 파악했다. K는 몹시 울적했다. 물론 그건 사라진 탁구대 때문이었다. K의 '선망'을 모르는 너의 관심은 여전히 수녀회에 있다.

네 옛 친구는 자기 집이 수녀회로 바뀐 사실을 알고 있을까?

그놈은…….

K는 말하다 말고 너를 본다. 네가 고개를 갸웃한다. K는 머릿속에 들어 있던 내용을 바꾸어 출력한다.

그놈 이야긴 더 이상 하고 싶지 않아.

왜?

그냥.

하지만.

하지만?

네가 먼저 꺼낸 이야기잖아?

그랬다. 너로서는 난데없었을 수녀회 이야기를 꺼낸 건 K다. 너는, 집중력을 잃지 않고 있다. K는 손가락으로 구레나룻을 긁는다. 왠지 궁지에 몰린 느낌이다. 결국 K는 깨끗이 승복하기로 한다. 왜냐하면 지금 K는 옛 카페에 있으니까. K는 오랫동안 가슴속에 담아 두었던 묵은 말의 먼지를 털어 낸 뒤 백기 대신 꺼내든다.

문학의 밤에 네가 올 줄은 몰랐어.

고등학교 2학년이 된 K는 문예부에 가입했다. 그때부터 작가를 꿈꾸었다는 식의 오해는 금물이다. 단언컨대 그 당시 K의 미래 구상에 '작가'라는 직업은 들어 있지도 않았다. K가 문예부에 들어간 이유는 '공간' 때문이었다. 문예부 방은 4층 도서관의 후미진 공간에 자리했다. 문예부의 공간은 좁았으나 실은 넓었다. 도서부가 따로 없었기에 문예부는 늙은 사서 선생을 도와 도서관을 관리하는 업무까지 함께 맡았다. 도서관 또한 문예부의 공간이라는 뜻이었다. 대가는 치러야 했다. 사서 선생의 잔소리는 시어머니보다 심했다. 대다수의 문예부원들은 투덜거렸지만 K는 괘념치 않았다. 해가 갈수록 진화되어 가는 어머니의 잔소리를 견디며 살아온 K는 주중, 주말 가리지 않고 도서관에 출입할 수 있는 권한을 하늘이 내려준 축복으로 여겼다. 그즈음 K가 살던 집의 사정을 잠깐이라도 짚고 넘어 가야 하리라. K의 집은 영락이라는 단어를 형상화하는 데 열심이었다. K의 집은 영락을 거듭해 방 한 칸만 남긴 경지, 랭보나 박영한의 표현을 빌려서 쓰자면 '지상의 방 한 칸'을 구현하기에 이르렀다. 어떤 이에게는 낭만이고 소망이겠으나 또 어떤 이에게는 고통이었다. 고통은 주중과 주말을 구분해 찾아왔다. 주중의 고통은 견딜 만했다. 야간 자율 학습 덕분이었다. 토요일은 아슬아슬했고, 일요일은 지옥이었다. 어머니의 잔소리와 아버지의 역정은 연달아 나온 쌍피처럼 완벽하게 K

를 제압했다. K도 사람이니 가끔은 욱, 하는 기분을 느꼈다. 잔소리하고 역정을 낼 건 아버지와 어머니가 아니라 자신이라는 생각을 벌떡 일어서서 공표하고 싶은 유혹에 빠지기도 했다. 그러나 소심한 K가 가정교육과 출신 어머니의 꼼꼼한 잔소리, 경영학과 출신 아버지의 계산적인 역정에 맞서 승리를 쟁취할 가능성은 제로였다. 그래서 K는 어떻게 했나? 일요일이 되면 아침을 먹자마자 집에서 탈출했다. 그런 면에 있어서는 꼼꼼한 성격이 도움이 되었다. K는 탈출 후 머무를 도피처를 완벽하게 마련해 놓았다. 오전엔 교회, 오후엔 학교 도서관이었다. 교회에 가서 예배와 잡담으로 시간을 보내다가 점심까지 얻어먹고 난 후에는 도서관으로 와 책을 읽었다. 이문열, 이청준, 윤후명, 가리지 않고 읽었다. 책을 끼고 살았다는 점에서 K는 이 시대의 이덕무라 불러 마땅하리라. 물론 K에게 약점은 있었다. 이덕무는 자발적으로 읽었지만 K는 어쩔 수 없이 읽었다. 계획도 없이 닥치는 대로 읽었다. 그러니 오늘날 작가가 된 K가 이덕무의 발끝에도 못 미치는 필력을 지니게 된 건 당연한 일이었다. 각설하고 문예부에서는 매년 문학의 밤 행사를 개최했다. 작가를 초청해 강연을 듣는 게 행사의 백미였다. 진부하고 고리타분한 작가 초청 강연이 왜 백미인가 하면, 외부인의 출입이 그날만은 공식적으로 허용되었기 때문이었다. 남자 고등학생에게 있어 외부인은 여고생과 동의어였다. 그래서 문예부장은 작가 초청에 사활을 걸었다. 이순신도 아니면서 생즉사, 사즉생의 각오로 팔을 걷어붙이고 달려들었다. 초청 작가의 수준에 따라 참석하는 여학생의 수가 결정되고, 그 여학생의 수로 문예부장의 능력을 평가받기 때문이었다. 그해 문예부장은 운이 좋았다.(K는 지금도 그의 능력이 뛰어났다고는 결코 생각하지 않는다.) 혹시나 해서 연락을 했던 '유명' 작가가 초청을 수락한 것이다. 연락을 하긴 했어도 기대 따위는 전혀 하지 않고 있던 터라 문예부는 발칵 뒤집어졌다. 비상 회의가 열렸다. 강연 장소는 도서관에서 강당으로 변경이 되었고, 넓어진 공간을 채우기 위한 작전, 이른바 '지라시 작전'이 실시되었다. 작전명에서도 알 수 있듯 작전의 성패는 전적으로 지라시 배포에 달려 있었다. 문예부장은 예년의 방문 사례를 참조해 다섯 개 여학교를 대상으로 선정했고, 각 학교에 두 명씩 '요원'들을 파견하는 작전을 최종안으로 내놓았다. 그런 유의 잡일은 1학년이 하는 게 보통이었지만 이번엔 달랐다. 어쩐 일인지 모두들 자기가 하겠다고 나섰다. 그 속내야 뻔했다. 여고생들과 공식적으로 접촉할 수 있는 흔치 않은 기회를 놓치고 싶지 않아서였다. 뜨거운 토론 끝에 학교별 요원들이 결정되었다. 여학교라고 다 같은 여학교는 아니었다. 하여 별 것도 아닌 일에 어떤 놈은 소리를 질렀고 어떤 놈은 쌍욕을 했다. K는 소리도 지르지 않았고 쌍욕을 하지도 않았다. 어떤 이유에선지 K를 높게 평가했던 문예부장은 K에게 모두가 선망하던 여학교를 배정했다. K는 거부했다. 자신을 배정한 건 고맙게 생각하지만 요원 일은 하지 않겠다고 했다. 어떤 일에 대한 거부가 그토록 환호를 받은 적은 문예부 역사상 최초였을 것이다. K가 내놓은 요원 자리는 문예부장이 차기 문예부장으로 내정해 놓은 1학년 부원이 차지했다. 1학년 부원은 골든 글러브라도 받은 것처럼 두 손 들어 환호하다 알밤을 먹었다. 며칠 후, 디데이인 토요일이 되었다. 그날 K는 무얼 했던가? 요원들이 떠난 후 도서관에서 책을 뒤적거리던 K는 급한 약속이라도 생각난 사람처럼 지라시 몇 장 챙겨들고 C여고로 향했다. 정문 앞에는 요원들이 있었으니 언덕 아래 분식집 앞에서 서성거렸다. 이십 분 정도 지났을까, 네가 언덕을 내려오는 게 보였다. 친구들과 함께였던 너는 K를 단번에 알아보았다. 네가 친구들에게 먼저 가라고 말하는 순간 K는 너의 손에 지라시가 있는 것을 확인했다. K는 자신이 들고 있던 지라시를 가방에 쑤셔 넣고 너를 맞았다. 너는 웃음을 지으며 물었다.

여기는 웬일이니?

K는 잠깐 생각하는 척하다가 대답했다.

근처에 일이 좀 있어서.

그래?

그래.

무슨 일?

그냥. 어머니 심부름으로.

어머닌 잘 계시지?

물론.

내일 교회에 올 거지?

별일 없으면.

별일 있으면?

생각지도 못한 반문에 K는 당황했다. 너는 웃으며 그럼 내일 보자, 라고 말했다. K는 지라시를 가리키며 물었다.

그건 뭐야?

너희 학교에서 문학의 밤인가 뭔가 한다는데?

그래?

몰랐어?

몰랐지. 올 거야?

내가 좋아하는 작가라 가고는 싶은데…….

그런데?

토요일 밤이잖아. 성가대 연습 가야 돼.

그렇구나.

K는 이마 한가운데가 불에 덴 듯 뜨거워지는 것을 느꼈다. 갑작스러운 뜨거움에 엉뚱한 소리를 내뱉었다.

우리 반 급훈이 '우리는 용광로에 있다.'야. 웃기지 않니?

뭐라고?

K는 아, 어머니 때문에 그만 가 봐야겠다, 라고 말하고는 서둘러 자리를 떴다. 왜 그랬느냐 하면 작전을 마친 요원 둘이 시시덕거리며 언덕을 내려오고 있었기 때문이었다.

비만 견의 배만 한 보름달이 환하게 떴던 그 문학의 밤, K는 교문 앞에 배치되었다. 강당의 위치를 묻는 여학생들에게 답을 주는 것, 그것이 K가 맡은 배역이었다. 할 일은 명확했으나 지나가는 사람 1만큼의 비중도 없었다. 그도 그럴 것이 강당은 교문 바로 옆 별관 건물 이층에 있었으며 교문에서 별관까지 이르는 길바닥, 그리고 별관 입구에서 이층 강당까지에는 형광색 화살표 표시가 되어 있었기 때문이었다. 두리번거리는 여학생들이 있기는 했다. 그럴 때마다 다른 문예부원이 득달같이 나타나 여학생을 채 갔다. 반가워하는 모습으로 볼 때 사전에 약속이 되어 있었음이 분명했다. 입도 떼지 못한 K가 한 일이라곤 그들이 사라진 뒤 문학의 밤인지 연애의 밤인지, 하고 혼잣말을 하며 바닥에 침을 뱉는 게 전부였다. 그날 들어 다섯 번째 혹은 여섯 번째 침을 뱉었을 때 네가 나타났다. 네가 두리번거리는 걸 본 K는 고개를 돌려 주위부터 살폈다. 너를 향해 달려드는 문예부원은 없었다. K는 조심스럽게 너를 향해 다가갔다.

여기는 웬일이야?

너야말로 웬일이니?

응, 도서관에 있었어. 지금 집에 가려고.

가방도 없는데?

말문이 막힌 K는 등이 허전하다는 사실을 그제야 깨달은 것처럼 어깨를 움츠렸다 폈다. 보너스로 난감한 표정을 지으며 엉뚱한 소리를 내뱉었다.

가방부터 가지러 가야겠다. 그럼 내일…….

성가대 연습에 빠지고 왔어. 이 작가 강연은 꼭 들어야겠다 싶어서.

아하, 문학의 밤.

그래, 문학의 밤.

꼭 무슨 축제 같네.

같이 듣지 않을래?

너의 갑작스러운 제안에 K는 몹시 당황했다. 네가 한 첫 번째 부탁이었다. 인간적 도리를 생각해서라도 거절하고 싶지는 않았다. 문제가 있었다. K는 문예부원이었다. 강연이 시작된 후에도 교문을 지키며 늦게 도착하는 여학생들을 안내―요청이 있다면 말이다.―하는 게 K가 맡은 배역이었다. 존재감도 미미한 시시한 배역이니 포기하는 것도 한 방법일 터. K는 강당 곳곳에 포진하고 있을 문예부원들을 생각했다. 단상에서, 강연을 할 작가 옆에 앉아 긴장한 나머지 침을 꿀꺽 삼키고 있을 문예부장을 생각했다. 그들의 시선을 감수할 자신은 K에겐 없었다. 문예부의 도리를 다하면서 너를 이해시킬 방법이 있기는 있었다. K가 문예부원임을 밝히는 것, 자신의 역할을 소개하는 것이 그것이었다. K는 그렇게 하고 싶지 않았다.

어쩌지? 우리 엄마가 오늘 저녁은 꼭 집에서 먹으라고 했거든.

어머니가?

그래, 엄마. 사실은 오늘이 우리 아버지 생신이셔.

거짓말은 거짓말을 낳는 법이었다. 아버지 생일은 한 달 전에 지나갔다. 어머니는 아버지를 위해 따로 상을 차리지 않았다. 그럼에도 K의 입에서는 생각지도 않았던 말이 요단강 물처럼 잘도 흘러나왔다. 대개의 집안에서 기둥 역할을 하는 아버지까지 들먹인 건 효과가 있었다. 너는 고개를 끄덕이며 납득한다는 표정을 지었다. 아마도 너는 너의 아버지의 경우를 떠올렸을 것이다.

그럼 내일 보자.

그래, 내일 보자.

아참, 어머니한테 안부 좀 전해 드려. 날 기억하실지 잘은 모르겠지만.

그래.

그날 K가 아무것도 하지 않았던 것은 아니었다. K는 너를 별관 입구까지 안내하는 친절을 발휘했다. 네가 들어간 후 K는 교문 앞 본연의 자리로 돌아왔다. 여학생 하나가 다가오더니 강당이 어디냐고 물었다. 여학생의 얼굴을 빤히 바라보며 손가락으로 바닥을 가리켰다. 여학생은 고맙다는 말도 하지 않고 홱 돌아서서는 형광색 화살표를 따라갔다. 여학생이 별관 건물로 들어간 걸 확인한 후 화살표 위에 침을 뱉었다. 침을 뱉고 또 뱉었다. 입이 마를 때까지 침을 뱉으며 자신이 했던 거짓말들을 생각했다. 도서관에서의 공부, 그리고 아버지의 생일까지 어떻게 거짓말이 그렇게 쉽게 튀어나왔는지 그 이유를 생각하고 또 생각했다. 혼자만의 생각은 결과의 왜곡을 불러온다. K는 엉뚱한 결론을 냈다. 그건, 다 문학의 밤 때문이었다. 망할 '유명' 작가 때문이었다.

얼마 전에 그 작가가 죽었더라.

그랬나?

K는 일부러 무심하게 응대하곤 밖을 본다. 시간이 꽤 흘렀음에도 풍경은 동일하다. 비도 여전하고, 텅 빈 거리도 여전하다. K는 네가 언급한 작가를 생각한다. 문학의 밤이 있기 전 K는 그 작가가 쓴 책을 읽은 적이 없었다. 문학의 밤이 지난 후 K는 도서관에서 그 작가가 쓴 책을 찾아 읽었다. 도서관엔 일곱 권의 책이 있었다. K는 이 주일 동안 그 일곱 권을 다 읽었다. 그 작가에 관한 한 문학의 밤이 큰 영향을 미쳤음을 부인할 수 없다. 그 작가가 죽었을 때 그 작가의 책들을 꺼내 놓고 한참 동안 바라보았던 것도 그래서였다. 치기어린 과거의 행동을 떠올린 이유는 무엇인가? 없다. 그냥 그랬다는 이야기다. 비도 여전하고, 텅 빈 거리도 여전하다. 여전함은 소아적 감상을 불러온다. K는 이대로 시간이 멈춰 버렸으면 좋겠다는, 초콜릿을 입에 묻힌 유치원 아이 같은 생각을 한다.

작가가 된 거, 참 잘된 일이야.

그런가?

너한테는 작가라는 직업이 꽤 잘 어울리거든. 게다가 글도 괜찮더라.

괜찮다?

그래, 괜찮았어.

칭찬이야?

왜? 욕처럼 들려?

그런 건 아니고.

게다가 너, 하마터면 경찰이 될 뻔했잖아.

너의 기억력은 세세하다. K는 더 참지 못하고 주인을 불러 냉수를 주문한다. 냉수를 마시며, 주인이 서비스로 넣어 준 얼음을 입에 넣고 깨물어 먹으며 '경찰'의 의미를 생각한다.

너의 말은 그르지 않다. 너의 말 그대로 K는 경찰이 될 뻔했다. K가 제복 입은 경찰을 선망했다고 섣부르게 결론을 내서는 안 된다. 예나 지금이나 K는 유니폼을 혐오(유일한 예외는 야구 유니폼이다.)한다. 야간 자율 학습을 마치고 귀가하다 불심 검문을 당해 혼쭐이 난 후론 경찰 유니폼만 봐도 화들짝 놀라 숨을 거칠게 몰아쉬었을 정도였다. 그러므로 경찰이 될 뻔했던 건 K의 의지와는 무관했다. 그건, 아버지 때문이었다. K가 고3이 되던 해, 모색과 칩거를 반복하던—칩거의 시간이 모색의 시간보다 열 배는 많았으나—아버지는 마침내 규칙적으로 출근과 퇴근을 하는 사람이 되었다. 신사동의 어느 아파트에 경비원으로 취직한 아버지는 2학기가 시작된 지 얼마 되지 않았을 때 K를 동네 호프로 불러냈다. K에게 맥주 한 잔을 따라 주면서 아버지가 한 말은 간결했다. 경찰 대학에 가라는 것이었다. 경찰 대학. 대학의 성격과 교육과정을 과장 없이 드러내는 교명은 낯설고도 우울했다. 물론 K 또한 고3이었으므로 경찰 대학이라는 학교가 있다는 사실, 학비가 공짜인 데다가 졸업 후 취업까지 보장된다는—평생 입을 유니폼도 덤으로 제공되는—사실, 그런 까닭에 경찰 대학에 가기 위해서는 학교에서 자체적으로 보는 1차 시험과 신체검사에 먼저 통과해야 하며, 그런 뒤 '국가 고시'에서도 꽤 높은 점수를 받아야 최종 합격할 수 있다는 사실 정도는 기본 상식으로 알고 있었다. 맥주 한 잔을 단숨에 비운 아버지는 경찰 대학 홍보 요원이라도 된 듯 '학비 면제'와 '연줄'이라는 단어를 추가로 내뱉었다. K는 뭐라 말해야 할지 몰라 맥주 한 모금을 마셨다. 태어나 처음 맛보는 맥주는 썼다. 어른들이 맥주를 즐기는 이유를 도무지 알 수가 없었다. 쓰기만 한 맥주를 찔끔찔끔 마시며 K는 아버지가 내뱉은 단어에 대적할 만한 단어들을 골랐다. '전경'과 '닭장', 그

105

리고 '민중의 몽둥이'와 '불심 검문'이 후보로 올라왔다. 그러나 K의 패는 아버지의 패에 비해 너무 약했다. 원 페어로 트리플을 이길 수는 없었다. 게다가 아버지는 언제 경비원 자리에서 쫓겨날지 모른다는 강력한 블러핑 기술까지 구사했다. K는 남은 맥주를 한꺼번에 털어 넣고는 자신의 카드를 그냥 접었다.

K가 너에게 처음으로 전화를 한 날은 1차 시험과 신체검사를 위해 경찰 대학에 다녀왔던 날이었다. K는 왜 하필 그날, 너에게 전화를 했던 걸까? K는 그 이유를 제법 길었던 '여정旅程', 혹은 집에서 멀리 떨어진 이가 느꼈을 법한 '여정旅情'에서 찾는다. 경찰 대학까지 가는 길은 천국에 이르는 길만큼이나 멀고 험했다.

1) 큰길로 나가 버스를 탄다.(30분)

2) 시내에서 내려 지하철을 탄다.(1시간 20분)

3) 수원역에서 내려 버스를 탄다.(40분)

4) 걷는다.(20분)

지금의 K라면 스마트폰을 활용해 90분 안에 도착할 수도 있을 것이다. 그때는 달랐다. 정보도 없었고 의욕도 없었다. 하여 다섯 시 삼십분에 집에서 나온 K는 여덟시 이십분이 되어서야 옛 성문의 형태를 차용해 만들었음이 분명한—보다 정확한 표현은 비의도적인 '키치'이겠으나—경찰 대학 정문에 도착했다. 시험은 아홉시에 시작되었다. 점심을 먹고 신체검사까지 마치니 네시였다. K는 학교 앞 구멍가게에서 집에 전화를 걸어 무사히 시험을 마쳤음을 알렸다. 어머니는 수고했다고 했고, K는 어머니가 다른 말을 덧붙이기 전에 서둘러 전화를 끊었다. 그런 뒤 K는 수원역으로 가는 버스를 타기 위해 걸었다. K는 그 길을 처음 걷는 착각에 빠졌다. 왜냐하면 서둘러 걷느라 아침에는 보지 못했던 풍경들이 비로소 눈에 들어왔기 때문이다. 학교 주변, 그러니까 '대학가'는 온통 논밭이었다. 학교 앞에 자리한 구멍가게와 허름한 식당 한두 곳을 제외하면 갈 만한 곳은 하나도 없었다. K는 자기도 모르게 '들길 따라서~'로 시작되는 노래를 흥얼거렸다. 그러나 노래 속의 들길과 K가 보고 있는 들길은 그저 이름만 같았을 뿐 다른 공통점은 하나도 없었다. 그래서 K는 입을 다물고 걸었다. 얼마 후 아침에 버스에서 내렸던 정류장에 도착했다. 잠깐 기다렸다. 버스가 도착할 기미는 보이지 않았다. K는 더 걷기로 했다. 그런 결정을 내린 이유는 자신도 잘 몰랐다. 하여 K는 어딘지도 잘 모르면서 계속해서 걸었다. 대략 한 시간 삼십 분쯤 걸은 뒤 K는 비로소 주위를 살폈다. 생전 처음 보는 시장 입구였다. K는 상인에게 수원역에 가려면 어떻게 해야 하느냐고 물었다. 상인은 길 건너편에서 버스를 타면 된다고 알려주었다. 삼십 분 정도를

107

기다린 후에야 버스가 왔다. 수원역에 도착해 아침과는 반대의 여정으로 거리에 도착했다. 아홉시가 조금 넘은 시각이었다. 배도 고팠고 몸도 피곤했다. 그러나 K는 집으로 가지 않았다. 대신 너의 집이 보이는 계단 입구로 갔다. 야간 자율 학습을 마치고 네가 오려면 한 시간 정도 더 있어야 했다. 그 사실을 잘 알고 있으면서도 K는 계단 입구에서 너를 기다렸다. 너는, 오지 않았다. 오지 않는 너를 기다리면서 K는 경찰 대학 어디선가 봤던 '조국, 정의, 명예'란 말, 혹은 구호를 떠올렸다. K는 그 말, 혹은 구호를 염불처럼 반복해 중얼거렸다. 염불의 효험은 없었다. 열시 반이 지났음에도 너는 오지 않았다. 한순간도 자리를 뜨지 않았음에도 너는 오지 않았다. K는 5분을 더 기다렸다가 거리의 입구, 즉 약국으로 향했다. K는 약국 간판을 보며 곰곰 생각했다. 이번엔 효험이 있었다. 약국 옆엔 공중전화 박스가 있었다. K는 용광로처럼 뜨거워진 가슴에 손을 대곤 너에게 전화를 걸었다. 전화를 받은 건 너의 어머니였다. K는 곧바로 전화를 끊었다가 다시 걸었다. 이번에도 너의 어머니였다. K는 자신이 낼 수 있는 가장 공손한 목소리로 교회 성가대원인데 성가대 연습 시간 변경 때문에 너와 통화를 했으면 한다고 말했다. 물론 K는 성가대원도, 양치기 소년도 아니었기에 목소리는 살짝 떨렸다. 너의 어머니는 독실한 신자임이 분명했다. 너의 어머니는 성가대원이란 단어를 이용해 거짓말을 하는 사람이 있을 거란 의심은 조금도 하지 않고 바꿔 줄 테니 조금만 기다리라고 말했다. 그 짧은 시간 동안 K의 머릿속에는 여러 가지 생각이 한꺼번에 떠올랐다. 일순위는 탐정의 본능이었다. 입구를 지키고 있던 자신을 피해 네가 어떻게 집에 들어갔을까, 하는 의문이 먼저 손을 들고 나섰다는 뜻이다. 그러나 느닷없는 전화에 대해 네가 불편하게 생각하면 어떻게 할까 하는 걱정, 혹시 너의 아버지가 너 대신 전화를 받는 건 아닐까 하는 보다 현실적인 걱정들이 이어졌다. 전화를 받은 건 너의 아버지가 아닌 너였다. 전화를 받는 너의 목소리는 밝지도 어둡지도 않았다. 웬일로 전화를 다 걸었느냐고 묻는 너에게 K는 근처에 왔다가, 라는 말도 되지 않는 대답—K의 집은 거리에 있기는 하되, 더 이상 '근처'가 말하는 범위 안에는 있지 않았으므로—을 했다. 다행히 너는 더 캐묻지 않고 어디야, 라고 물었다. K가 약국 앞이라고 말하자 너는 그럼 계단 위에서 보자고 말했다. K가 전화를 끊자마자 달려서 계단 위에 도착했을 때 너는 벌써 나와 있었다. 또 다시 여기는 웬일이니, 라고 묻는 너에게 K는 바보같은 탐정의 본능부터 발휘했다.

왜 집에 있어?

초보 탐정 K는 말을 뱉어 놓고야 실수를 깨달았다. 자신이 꽤 오랫동안 기다렸음을 제 입으로 실토하고 만 셈이었다.

몸이 아파서 좀 일찍 왔어.

많이 아파?

아니, 감기.

잘했어. 떨어지는 낙엽도 조심해야 할 때이니까.

K의 말에 너는 웃음을 터뜨렸다. 그러곤 다시 물었다.

그런데 정말 여기까지 웬일이니?

당연한 너의 질문 내지 심문에 K는 엉뚱한 대답을 했다.

나, 경찰 대학에 갈 거야.

경찰 대학?

그래, 경찰 대학.

너는 잠깐 생각하곤 다시 물었다.

경찰이 네 꿈이었어?

아니.

그런데?

멋있잖아.

뭐가?

유니폼이.

너는 피식 웃었다. K는 그 틈을 타 재빨리 주제를 바꿨다.

넌 영문과 갈 거지?

그렇긴 한데, 잘 모르겠어. 영문과는 커트라인이 높아서 말이
야.

잘할 거야.

내가?

그래, 네가.

그걸 어떻게 알아?

그냥.

너는 또 다시 피식 웃었다. 그러나 너의 정신을 혼란케 하려던
K의 전략은 실패했다. 은근과 끈기의 미덕을 지닌 너는 네가 하
려던 말을 결코 잊지 않았다.

그런데 정말 여기까지 웬일이니?

K는 잠깐 생각하곤 엉터리 알리바이를 댔다.

친구 집에 갔다가…….

친구 집이 근처야?

어, 약국 지나 왼편 골목에 있어. 꽤 큰 집이라 거리에서도 잘
보이지.

그렇구나.

111

너의 집 문이 열렸다. 너의 아버지가 나왔다. K는 자라처럼 고개를 움츠리곤 그럼 이제 가 볼게, 라고 갑자기 작별 인사를 건넸다. 너는 의아해하면서도 고개를 끄덕였다. K는 재빨리 돌아서서 백 미터 주자처럼 전력으로 달렸다. 너의 아버지가 계단을 오르는 게 보였기 때문이다.

너는 새로운 제안을 한다.
성벽 길로 가 볼까?
카페엔 <언포게터블>이 흐른다. 냇 킹 콜과 내털리 콜이 함께 부른 버전이다. K는 이 노래를 연대표의 어느 곳에 배치해야 할지의 문제를 두고 잠시 고민한다. 냇 킹 콜은 아바와 비틀스 이전이지만 내털리 콜은 이후이다. 아버지에 방점을 두느냐, 딸에 방점을 두느냐에 따라 달라진다. 결정을 내리기가 쉽지 않다. 하여 K는 당장 급한 문제, 즉 네 제안에 대한 가벼운 반론부터 제기하기로 한다.
비가 내리는데 괜찮을까?
옷깃도 안 젖는 비라면서?
K는 너의 반론이 더 논리적임을 부인할 수 없다. K가 했던 말을 이용해 반론을 제기하는 너의 수가 더 훌륭했음을 인정하지

않을 수 없다. 그러나 문제의 근원은 K에게 있다. 제기했던 반론 자체에 이미 문제가 있었다는 뜻이다. 성벽 길로 가보자는 너의 제안은 자연스러웠다. 반대의 수단으로 비를 꺼내든 K의 대응은 억지스러웠다. K에게도 할 말은 있다. 무슨 말인가 하면 K는 여전한 카페에 더 머물고 싶었다. 아니, 면모를 일신한 빌라촌의 거리로 나가고 싶지 않았다. 낯선 거리로 나가면 너를 잃을 것만 같았다. 이 시간을 빼앗기고 미로에 갇힐 것만 같았다. K의 할 말이란, 논리와는 정반대 지점에 서 있다. 망상에 가깝다는 뜻이다. K는 너에게 그 말을 차마 꺼내지는 못하고 자리에서 먼저 일어나는, 그러니까 너의 뜻을 그대로 따르는 선택을 한다.

성벽 길은 성벽을 따라서 걸을 수 있는 길이다. 거리를 따라 십 분 정도 걸으면 시작점에 도착한다. 너와 함께 우산을 쓰고 걸으며, 여전히 인적 없는 거리를 걸으며, 사층 혹은 오층 빌라 천지인 거리를 걸으며, K는 다시 한 번 『대학』 경문을 생각한다. 일신우일신. 거리의 일부인 성벽 길은 과연 거리의 성형 사례를 본받아 면모를 일신했을까? 몇 분 후 성벽 길은 답을 주었다. 성벽 길은, 면모를 일신했다. 어떤 이들은 『대학』 경문 본래의 취지에 맞는 일신이라 말할 것이다. 주민들의 발로 오랜 세월에 거쳐 조금씩, 조금씩 길의 형태를 갖추어 갔던 투박한 산책로는 난간과 나

113

무 데크와 가로등의 3요소를 다 갖춘 어엿한 길로 바뀌었다. 너는 성벽 길의 시작점에서 잠깐 멈춰 선다. 몸을 돌려 지나온 거리를 살펴보고, 주위를 둘러보고, 올라야 할 성벽 길을 바라본다. 너는 주먹을 가볍게 쥐었다 펴고는 나무 데크 길 위로 올라선다. K와 너를 맞은 건 나무 데크의 삐거덕 소리다. 삐거덕, 삐거덕, 삐거덕. 나무 데크는 발이 닿을 때마다 자신의 감상을 소리로 표출한다. 나쁘지는 않다. 삐거덕 소리로 성벽 길의 고즈넉함은 오히려 완성된다. 옛 성벽의 존재와 새 나무 데크의 삐거덕 소리, 가늘기는 해도 끊이지 않고 내리는 이슬비와 가랑비 사이 무명의 비, 다른 산보객의 부재는 공산무인空山無人의 심오한 경지에는 이르지 못했어도 나름의 산수화를 연출한다. 너의 기호는 산수화보다는 전위 예술에 더 가깝다. 일부러 나무 데크를 세게 밟아 삐거덕 소리를 더 크게 만든다. 네가 내는 삐거덕, 삐거덕, 삐거덕 소리를 들으면서 K는 성벽을 본다. 시간의 흔적을 살필 만한 유적으로 성벽만 한 곳은 없다. 성벽엔 세 개의 다른 시간대가 혼재한다. 태조 때 축성된 성벽은 세종 때와 숙종 때에 대대적인 보수가 이루어졌다. 석공이 아니더라도 세 개의 다른 시간대는 구분할 수 있다. 태조 때의 성벽은 자연석을 사용해서 불규칙하고 거칠다. 세종 때의 성벽은 자연석에 석공의 손길이 더해져서 어중간

하다. 숙종 때의 성벽은 석공이 다듬은 정사각형 돌로 쌓아서 규칙적이고 빈틈이 없다. 어떤 성벽이 더 나은가, 라고 묻는 건 우문이다. 성벽의 존재 이유는 버티는 것이다. 여태까지 버티고 남아 있는 한 성벽의 순위를 가리는 건 무의미하다. 고3의 한 계절 동안, K는 집요한 성벽 관찰자였다. 검자육백척劍字六百尺이란 글자를 발견한 후부터였다. 노력에 비하면 결실은 빈약했다. K는 생자육백척生字六百尺, 흥해시면興海始面 등을 간신히 해독했다. 더 찾은 글자가 있기는 했으나 K의 능력을 넘어서는 낯선 글자들이었다. 지금 K는 그 글자들의 의미를 안다. 성벽에 대한 책을 읽었기 때문이다. 당시엔 몰랐다. 그 글자들은 읽을 수는 있되, 뜻은 알 수 없는 암호였다. 암호는 나름의 미덕이 있다. K는 읽는 대신 상상했다. 칼 한 자루로 생사를 건 혈투를 벌이는 무사들, 바다가 시작되는 성벽 같은 식이었다. 덕분에 그즈음 K는 무사와 바다의 꿈을 매일같이 꾸었다. K가 옛 기억을 떠올리는 동안 조용히 걷던 너는 갑자기 걸음을 멈춘다.

저 벤치에 앉을까?

너의 손이 가리키는 곳엔 벤치가 있다. 벤치를 보며 너의 마음을 읽는다. 아닌 게 아니라 앉고 싶은 충동을 느끼게 하는 벤치다. 커다란 두 개의 돌 위에 상판만 얹었다. 작은 고인돌이다. 삶이 그

렁듯 다 좋은 수는 없다. 비 내리는 오후의 벤치는 젖었다. 그럼에
도 너는 주저하지 않고 K의 등을 민다. K는 뜨거워진 등을 잊기
위해 다른 생각을 한다. 손수건이 있었다면. 없다. K는 만일의 상
황을 대비해 손수건을 갖고 다닐 만큼 배려가 많은 남자는 아니
다. 그 사이 너는 벤치에 앉는다. 너는 웃으며 말한다.

생각보다 괜찮아.

K로서는 달리 선택의 길이 없기에 벤치에 앉는다. 너의 말은
사실이다. 오랜 시간 비에 노출되어 있었음에도 고인돌을 닮은
벤치는 거북하게 느껴질 정도로 축축하지는 않다. 이슬비와 가랑
비를 오가는 비, 옷깃도 적시기 힘든 비 때문일 것이다. 너는 자리
에 앉은 뒤에도 신발 바닥으로 나무 데크를 두드린다. 삐··거··
덕. 삐··거··덕. 벤치에 앉아서 두드린 탓에 삐거덕 소리는 아무
래도 걸을 때보다는 좀 작고 느리다. 너는 마무리하듯 세게 한 번
두드리곤 감정 결과를 알린다.

아무래도 이상하지?

뭐가?

굳이…….

굳이?

나무 데크로 흙길을 덮어씌우는 것, 말이야.

트렌드니까.

트렌드?

그래, 트렌드.

너는 고개를 외로 비틀며 그런가, 라고 혼잣말을 한다. 짧은 침묵 후 너는 손을 뻗어 성벽 길의 시작점을 가리킨다.

저기서 군고구마 팔았던 거, 기억나니?

질문을 듣는 순간, 아니 네가 시작점을 향해 손을 뻗는 순간, 그 손이 가리키는 지점을 본 순간 K는 기억의 신비에 감탄했다. 시작점과 관련된 기억, 지워 버리고 싶었던 기억이 떠올랐다. K의 바람은 실제로 기억을 왜곡시켰다. 그 왜곡은 성공적이어서 K는 네 질문, 아니 네 손이 말을 하기 전까지는 그때 일을 전혀 떠올리지 못했다.

솔직히 말해도 돼?

물론.

그때 그 군고구마, 정말 맛이 없더라.

너는 아무렇지도 않게 말한다. 듣는 K의 입장은 좀 다르다. 너의 평온한 한마디 한마디가 꼭 힐난처럼 들린다. 왜 그랬던가? K는 고등학교를 졸업하기 얼마 전, 그러니까 일월 한때, 군고구마를 팔았다. 혼자 한 것은 아니었다. 다른 문예부원 두 명과 함께

했다. 왜 그 두 명과 함께였는지는 지금 생각해도 의문이다. 특별히 가까웠던 사이도 아니었다. 처한 상황이 똑같은 것도 아니었다. 둘은 대학에 합격했지만 K는 떨어졌다. 한 번 떨어진 것도 아니었다. K는 경찰 대학에도 떨어졌고, 하향 지원했던 D대학 입시에서도 고배를 마셨다. 국가 고시에서 기대했던 것보다 나쁜 점수를 받았기 때문이다. 어느 정도였느냐 하면 모의고사 때보다 훨씬 못한 점수를 받았다. 그건 일종의 미스터리였다. 그해의 국가 고시가 모의고사에 비해 특별히 어려웠던 것도 아니었고, K가 긴장을 많이 했던 것도 아니었다. K는 모의고사 보듯 여유로운 마음으로 문제를 풀어 나갔으나 결과는 예상 밖이었다. 문예부원들에게서 연락이 온 것은 그즈음이었다. '추억도 남기고, 돈도 벌고!'가 그들의 모토였다. 조건은 후했다. 장비는 다 구해 놓았으니 몸만 오면 된다고 했다. K는 동의했다. 그들의 모토 때문이 아니었다. 집에서 보내는 시간을 최소화하고 싶었기 때문이었다. 아버지의 울화와 어머니의 한숨으로부터 될 수 있으면 도피하고 싶었기 때문이었다. 결론부터 말하자. K는 도피처를 잘못 선택했다. 영업을 시작한 지 얼마 되지 않아 K는 문예부원들이 자신을 끌어들인 이유를 알게 되었다. 대학에 합격한 문예부원들에게 군고구마 장사는 사교 행위였다. 군고구마를 사러 오는 손님의 대부분은 그들을 보러 온 여학생이었다. 그들이 여학생들—대학에 합격했음이 분명한—과 미래에 관한 이야기를 나누며 사회적 관계를 돈독히 하는 동안 K는 부지런히 군고구마를 구웠다. 벌이는 시원치 않았다. 세 개를 사겠다고 하면 여섯 개를 주는 식이니 장사가 제대로 될 리가 없었다. 참다못한 K는 문제 제기를 했다. 돈보다는 추억 쪽에 방점을 찍은 것이 분명한 문예부원들은 K가 요구한 사항, 그러니까 K의 몫을 대폭 늘려 달라는 것에 흔쾌히 동의했다. 공짜는 아니었다. 그들은 무슨 일이 있어도 일월 말까지는 자리를 지켜야 한다는 조건도 함께 달았다. 별다른 계획도 없었던 터라 K는 동의했다. 협상 자체는 성공적이었다. 자신의 몫은 늘었음에도 K의 기분은 나아지지 않았다. 왜 그랬느냐 하면 자신의 처지가 동업자에서 종업원의 자리로 완벽하게 전락했음을 알게 되었기 때문이다. 돈으로 K를 산 문예부원들은 노골적으로 사교 행위에 몰두했다. 돕는 척하던 시늉도 더 이상 취하지 않았다. 네가 나타난 것은 K가 그 모든 모욕을 견디며 무성의하게 군고구마 영업에 종사하고 있을 때였다. 문예부원들의 요란한 환대를 들었을 때는 그들의 또 다른 사교 상대가 나타났거니 했다. 사교 상대를 슬쩍슬쩍 훔쳐보는 일도 지겨워져서 고개마저 푹 숙였는데 갑자기 너의 얼굴이 보였다.

군고구마 파니?

그래, 군고구마 팔아.

천원을 내민 너에게 K는 군고구마 세 개를 담아 주었다. 지켜 보던 문예부원들 중 하나가 K의 어깨를 툭 쳤다. 몇 개 더 담아 주 라는 뜻이었지만 K는 그냥 무시했다. 봉투를 받아 든 너는 고개 를 갸웃하며 물었다.

맛있을까?

군고구마 맛이겠지.

별말도 아닌데 너는 웃음을 터뜨렸고, 너의 웃음을 들은 문예 부원들도 따라서 웃음을 터뜨렸다. 문예부원 중 하나가 너에게 K 와는 어떻게 아는 사이냐고 물었다. 너는 주저하지 않고 곧바로 대답했다.

교회 친구예요.

문예부원들이 동시에 우아 탄성을 발했다. 한 명의 문예부원은 나도 교회 나가야겠다, 라고 말했고, 다른 한 명은 머리를 긁적이 며 또 다른 질문을 퍼부으려고 준비를 했다. K는 그들에게 목장 갑을 한 짝씩 건넸다.

고구마 좀 부탁한다.

너와 나란히 걷게 된 후 K가 제일 먼저 한 일은 변명이었다.

짓궂은 녀석들이라 계속 있다간 엉뚱한 소리가 튀어나올까 봐…….

재미있던데 뭘. 친구들이야?

친구라기보다는 동업자, 아니 주인들에 가깝지.

별말도 아닌데 너는 또다시 웃음을 터뜨렸다. 그 웃음을 들으면서 K는 네가 했던 말, 교회 친구라는 말을 생각했다. 생각을 마치기도 전에 네가 정색하고 물었다.

왜 교회에 안 나와?

그냥.

그냥?

좀 바빠서.

바빴다고?

그래.

너는 잠깐 생각하고 물었다.

군고구마 파느라?

그래, 군고구마 파느라.

왜 하필 군고구마야?

몰라.

몰라?

몰라.

파는 사람이 모르면 누가 알아?

군고구마 파는 데 꼭 이유가 있어야 돼?

이유가 있으면 아무래도 좋지.

K는 잠깐 생각하곤 문예부원들의 말을 순서만 바꾸어 표절했
다.

돈도 벌고, 추억도 남기려고.

문예부원들의 말은 의외로 설득력이 있었다. 너는 고개를 서너
번 끄덕이곤 입을 다물었다. 계단 위에 이르렀을 때 K는 슬며시
입을 열었다.

합격, 축하해.

고마워.

갈게.

그래.

너는 계단을 내려가려다 말고 뒤돌아섰다.

경찰 대학에 안 간 거, 너한텐 잘된 일인지도 몰라.

너는 '안 간 거'라고 말했다. 마치 K가 일부러 그런 것처럼. K는
즉각 그 말을 수정했다.

123

안 간 게 아니라 못 간 거야.

어쨌든 잘된 일인 것 같아.

지금 나 놀리는 거야?

아니, 그런 건 아니야. 그건…….

너는 무슨 말인가를 더 하려다가 멈추었다. 네가 계단 하나를 내려갔을 때 K는 목소리를 살짝 높였다.

고마워.

뭐가?

고구마 사 줘서.

너는 계단 하나를 더 내려간 후 다시 뒤돌아섰다.

이번 주일엔 교회에 나와.

생각해 볼게.

다른 아이들은 대학에 떨어졌어도 다들 잘 나오잖아.

생각해 볼게.

대학부는 그냥 이름일 뿐이야.

알았어.

너는 남은 계단을 마저 내려선 후 살짝 손을 흔들었다.

주일에 보자.

K는 손을 흔드는 것으로 대답을 대신했다.

너는 벤치에서 일어나며 묻는다.

팔각정, 지금도 있을까?

네가 언급한 팔각정은 성벽 꼭대기 근처에 있었다. 건물은 낡고 지저분했지만 인근에서는 제일의 전망을 자랑하는 명소였다. 너의 질문, 아니 제안은 합리적이다. 성벽 길까지 왔는데 그냥 가는 건 팔각정에 대한 예의가 아니다.

팔각정 가는 길은 제법 경사가 있다. 하여 너와 K는 말없이 걸음에 집중한다. 말을 하지 않는다고 생각도 하지 않는 것은 아니다. 나무 데크로 덮이긴 했어도 옛길은 옛길이다. 그래서 K는 옛일을 떠올린다. 그건, 군고구마의 후일담이다. 너와 헤어진 K가 성벽 길 시작점의 영업장으로 돌아왔을 때였다. 여학생 두 명과 사교 행위에 몰두하던 문예부원 중 한 명이 오래 걸린 걸 보니 재미 좀 봤나 보네, 라고 말했다. 다른 문예부원, 여학생 두 명이 동시에 웃음을 터뜨렸다. K는 웃지 않았다. K는 다시 말해 보라고 했다. 문예부원은 기억력이 좋았다. 자신이 한 말을 토씨 하나 다르지 않게 반복했다. 다른 문예부원과 여학생 두 명이 또다시 웃었다. K는 웃지 않았다. K는 웃지 않고 장비를 발로 걷어찼다. 군고구마가 바닥에 떨어져 굴렀다. 고정시켜 놓았던 리어카가 경사길 아래로 돌진했다. 문예부원들이 거의 동시에 손을 뻗었다. 그

125

들은 문예부원들이지 무술부원들이 아니었다. 자유로워진 리어카는 전봇대를 들이받은 후에야 멈추었다. 문예부원들은 리어카로 달려갔다. 장비에 이상이 없는 것을 확인한 후 냅다 소리를 질렀다.

미친 놈.

너 지금 뭐한 거야?

K는 응대하지 않았다. 문학의 밤에 그랬듯 바닥에 침을 뱉고는 획 돌아섰다.

돈은 하나도 안 준다, 이 새끼야.

K는 가운뎃손가락을 머리 위로 들어 보이곤 영업장을 영원히 떠났다.

K는 생각한다. 그날, K는 왜 격분했을까? 그때 몰랐던 걸 지금 알 리가 없다. K는 네가 눈치채지 못하게 살짝 고개를 젓는다.

줄곧 이어졌던 나무 데크는 팔각정 입구에서 끝이 났다. 입구란 말은 좀 거창하다. 팔각정이라고 적힌 낡은 표지판이 하나 서 있을 뿐이다. '입구'에서 팔각정까지는 예전 그대로의 흙길이다. 비에 젖은 흙길은 미끈하고 부드럽다. 네 몸이 살짝 흔들린다. K가 손을 뻗기도 전에 너는 괜찮다고 말한다. 그러나 네 정신에는 영향을 미쳤음이 분명하다. 너의 걸음걸이는 눈에 띄게 조심스러워졌다. 조심스러운 걸음으로 모퉁이를 돈다. K 또한 덩달아 조심 스러워진다. 마침내 팔각정이 보인다. 이번에도 첫 감상은 너의 차지다.

옛날하고 똑같아.

네 말대로 팔각정은 여전하다. 세월이 흐르는 동안 논어 공부에 매진한 게 분명하다. 세한연후 송백처럼 옛 모습을 그대로 간직하고 있다. 옛 모습, 고즈넉함과는 거리가 멀다. 기둥 난간의 칠은 군데군데 벗겨졌고, 온전한 곳엔 낙서가 칠을 가리고 있다. 시멘트 바닥은 재활용 쓰레기의 서식처다. 빈 맥주 캔, 컵라면 용기, 과자 봉지 등이 노숙 중이다. 쥐똥에게 자리를 내준 구석에서는 오줌 냄새가 난다. 나무 데크로 상징되는 일신의 물결이 팔각정에는 아직 미치지 못한 것이 분명하다.

옛날에 아버지랑 자주 왔었어.

건물이 비루하다고 풍광마저 비루한 것은 아니다. 남산도 보이고 한강도 보인다. 꽃피는 봄의 남산, 해 저물녘의 한강은 장관이었다. 공산무인이 수류화개水流花開를 만나는 때였다. 남산, 한강 말고 보이는 것이 있다. 거리다. 네가 아버지와 오곤 했던 팔각정을 K는 홀로 왔다. K가 어렸을 땐 아버지의 육신이 바빴고, K가 자란 뒤엔 아버지의 정신이 바빴다. 그래서 늘 홀로 왔던 K는 남산, 한강, 그리고 거리를 감상하곤 했다. 자란 후의 비율만 따지면 남산, 한강이 3, 거리가 7이었다. 습관은 쉽게 사라지지 않는다. 그래서 K는 남산, 한강 말고 거리를 본다. 거리는 낯설다. 아니, 낯설면서도 친숙하다. 사층 혹은 오층 빌라들은 낯설었고 골목은 친숙했다. K는 예전처럼 너의 집을 찾는다. 있을 리 없다. 남은 건 골목이지 건물이 아니다. 계단은 보이지도 않는다. 하여 K는 너의 집이 있었던 곳, 여학생이 들어간 사층 혹은 오층 빌라가 들어선 그곳을 눈대중과 감각으로 찾는다. 찾고, 또 찾는다. 주희의 격물을 어김없이 실천한다. 주희는 옳다. K는 문득 치지에 도달한다. 격물치지. 무슨 소리인가? K는 조금 전과는 달라진 거리를 본다. 단독 주택들로 가득했던 고즈넉한 옛 거리, 그리고 또 그렸던 그리운 거리가 빌라촌과 겹쳐져 나타난다. 그렇다면 연암의 차례다. K는 눈을 질끈 감는다. 빌라촌은 사라지고 옛 거리만 보인다. 옛 거리에서 빛을 발하는 곳이 있다. 너의 집이 아니다. 카페다. 성벽 길에 오기 전 너와 머물렀던 그 카페다. K는 카페 앞으로 간다. 문을 열고 안으로 들어간다. 카페 안엔 네가 있다. 너 말고는 아무도 없다. 마치 조금 전 방문했던 카페의 모습처럼. K는 자신이 보고 있는 게 시간의 흔적이라는 사실을 안다. 과거의 일이라는 사실을 안다. 그날, 그 카페에서 너와 K는 무슨 이야기를 나누었던가?

아마도 시작은 안부 인사였을 것이다. 너와 K가 만난 건 '군고구마' 이후로 처음이었다.

잘 지내?

그럭저럭.

공부는 잘 되고?

그럭저럭.

너의 질의는 그것으로 끝이었다. 순서를 넘겨받은 K가 물었다.

너는?

나도 그럭저럭.

교회는 계속 나가고?

그렇지, 뭐.

K는 잠깐 뜸을 들였다가 느닷없이 송곳으로 푹 찌른다.

학보는 이제 더 안 보내는 거야?

너의 눈가가 약간 붉어졌다. 너는 커피 한 모금을 마신 후 손가락 끝으로 눈을 살짝 눌렀다.

다들 하기에 나도 따라 몇 번 해 본 거야. 이젠 좀 시들해졌고.

그렇구나.

보내 줄까?

일부러 그럴 것까지는 없어. 여대 일에 대해 내가 속속들이 알아야 할 이유는 없지.

그렇지?

그래.

대화가 끊겼다. 시작부터 겉돌았으므로 예견된 일이었다. 초조한 건 K였다. 전화를 걸어 만나자고 한 건 네가 아닌 K였다. K는, 좀처럼 입을 열지 못했다. 준비한 말은 많았다. 네 앞에 앉으니 무용지물이 되었다. 아니다. K는 준비한 말을 할 필요도 없었다. 무슨 말인가 하면 너는 이미 답을 했으니까. 침묵보다 더 확실한 답은 없으니까. 지금의 K였다면 그쯤에서 일어났을 것이다. 그러나 고등학생도 대학생도 아닌 무적無籍의 K는 어리석었고, 어리석은 이들이 늘 그러하듯 정해진 결말을 자기 눈으로 직접 확인하지 못해 안달복달했다.

널 봤어.

언제?

금요일에.

어디서?

학교 앞에서.

학교 앞에서?

그래, 학교 앞에서.

다른 때 같았다면 너는 거기까지 웬일이니, 하고 물었을 터였다. 너는 묻지 않았다. 너는 곧바로 중심으로 파고들었다.

그럼 봤겠네.

봤지. 난 몰랐어.

교회도 안 나오는 네가 어떻게 알 수 있겠니?

너는 무심히 기술했으나 K에겐 힐난처럼 들렸다. K는 힐난에, 변명으로 대응했다.

미안해.

변명은 역효과를 불러왔다. 너는 처음으로 목소리를 살짝 높였다.

미안하다고?

그래.

네가 왜 나한테 미안한데?

교회도 안 나가고, 연락도 통 안 하고…….

넌 늘 그랬어. 꽁무니를 빼고 도망 다니는 게 네 전공이잖아.

너의 목소리가 더 높아졌다. 너는 허둥대는 K에게 결정적인 일격을 가했다.

나도 널 봤어.

그랬어?

131

년, 내가 선배랑 있는 걸 보고도 그냥 갔어.

그건…….

그게 너야.

아니…….

내가 왜 선배랑 있었는지 묻지도 않고.

그건…….

나한테 원하는 게 뭐니?

나는…….

K는 말을 잇지 못했다. 너는 입술을 깨물곤 자리에서 일어났다. 그때 K는 뭐라고 했던가?

교회에 다시 나갈까?

너는 조용히 마지막 한마디를 던지고 밖으로 나갔다.

그걸 왜 나한테 물어보니?

네가 사라진 후 K는 어떻게 했던가? 울었다. 주인이 다가오는 걸 보고 카페를 나왔다. 거리를 헤맸다. 집 나온 김시습처럼 정처 없이 헤맸다. 헤매다 지쳐 가게에서 맥주 한 병을 샀다. 맥주 한 병을 비우고 너의 집 앞에 섰다. 너의 집을 노려보던 K는 석공처럼 벽을 만졌다. 네가 사는 집의 벽은 따뜻했다. 벽을, 쓰다듬으며 탐색했다. 문 근처의 벽에 십자가를 45도 비튼 것 같은 기호가 있었다. 신문 배달원이 표시한 기호였다. K는 그 기호를 보다가 가방 안에서 검은 네임펜을 꺼냈다. 그 펜을 들고 바닥에 주저앉았다. 바닥에서 삼십 센티미터 정도 위의 벽에 너의 이름을 썼다. K가 쓸 수 있는 가장 작은 글씨로 너의 이름을 썼다. K는 펜을 넣고 일어났다. 일어나니 너의 이름은 보이지 않았다. K는 신발 한 짝을 벗어서 손에 들었다. 왼발에는 신발을 신고 있었으니 아마도 오른발을 수호했던 신발이었을 것이다. K는 물이 들어오는 미세한 구멍을 찾는 사람처럼, 보행을 불편하게 하는 작은 돌을 찾는 사람처럼 신발을 자세히 살폈다. 감정을 마친 K는 그 신발을, 세지도 않고 돌도 들어 있지 않은 자신의 오른쪽 신발을 너의 집 문에다 던졌다. 쾅, 요란한 소리가 났다. 천지를 뒤흔들 만한 굉음은 아니었으나 조용한 밤 선잠에 빠졌던 개들을 깨우기에는 부족함이 없었다. 앞집 개를 시작으로 온 거리의 개들이 짖어 댔다. K는 당황하지 않았다. 개들은 집에 갇혀 있는 존재들이었다. K를 공격할 가능성은 제로였다. K는 느긋하게 신발을 집어 들었다. 신발을 손에 들고 문을 가격했다. K의 공격은 정밀했다. 속수무책으로 당하던 죄 없는 문이 백기를 들기 직전 현관문 열리는 소리가 났다. K는 재빨리 신발을 신곤 자신의 전공을 살려 계단 아래쪽 길로 삼십육계 줄행랑을 쳤다.

K는 도망가는 소년을 바라보며 눈을 뜬다. 너는 거리를 보고 있다. K도 너를 따라 거리를 본다. 거리는 거리이되, 거리가 아니었다. 그리고 그렸던 그리운 거리는 사라지고 사층 혹은 오층, 오층 혹은 사층 빌라로 구성된 빌라촌만 남았다. 네가 말한다.

그만 갈까?

K는 고개를 끄덕인다. 날은 아직 어둡지는 않다. 그러나 예언에 따르면 날은, 곧 어두워질 것이다. 예수에게 미구에 닥칠 환난처럼 밤은, 갑자기 다가올 것이 분명하다.

성벽 길을 내려오면서 너는, 너의 옛집이 있던 자리, 그러니까 소녀가 사는 사층 혹은 오층 빌라를 마지막으로 한 번 더 보고 싶다고 했다. 예의바른 너는 K에게 그래도 괜찮겠느냐고 물었고 예의를 중하게 여기는 K는 괜찮다고 대답했다. 빌라촌 거리로 들어서자 날은 갑자기 어두워진다. '갑자기' 말고는 형용할 말을 찾기가 어렵다. 이슬비와 가랑비 사이를 오가던 비도 갑자기 가랑비로 전환한다. 갑자기 나타난 차들도 갑자기 전조등을 켜고, 갑자기 속도를 낸다. 빌라촌 거리엔 인도와 차도의 구분이 없다. 하여 너와 K는 사층 혹은 오층 빌라 건물에 바짝 붙어서 걷는다. 너와 K는 계단이 보이는 골목, 차량 진입이 불가능한 골목에 들어선 후에야 한시름을 놓는다. 네가 먼저 입을 연다.

때론 차들이 참 무서워.

그래봤자 기계야.

그래도.

그런가?

질문 하나 해도 돼?

물론.

오늘 일을 글로 쓸 거니?

글쎄.

글쎄?

난 일기 문학을 하는 사람은 아니니까.

그런가?

그렇지. 대신…….

대신?

고고학자가 주인공으로 등장하는 소설을 쓸지는 혹 모르겠어.

고고학자?

고고학자는 미래의 고고학자야.

미래의 고고학자?

그래, 미래의 고고학자.

재미있네.

미래의 고고학자가 발굴하는 건 과거의 거주지야. 흙을 파면 제일 먼저 나오는 건 아파트야. 그다음엔 빌라야. 마지막 층엔 단독 주택이 있지. 그러니까 아래로부터 보자면 제1층엔 단독 주택이, 제2층엔 빌라가, 제3층엔 아파트가 묻혀 있던 셈이지. 발굴을 마친 미래의 고고학자는 고민에 빠져. 발굴 결과는 자신이 신봉하는 '진화' 내지 '진보'와는 어긋나거든. 나무에 마당, 벽까지 갖춘 단독 주택이 10~20가구의 소규모 집단 거주지로, 1000~2000가구의 대규모 집단 거주지로 바뀐 사실은, 자신이 아는 논리로는 설명할 길이 없는 거야.

그래도 장관이겠네.

뭐가?

단독 주택, 빌라, 아파트가 차례로 쌓인 층을 본다는 건.

그럴까?

꼭 성벽처럼.

성벽처럼.

운 좋은 고고학자라면 단독 주택 거주자의 이름도 밝혀낼 수 있겠지.

K가 네 말의 의미를 생각하는 동안 너는 주제를 바꾼다.

경찰 대학에 안 간 거, 역시 너한텐 잘된 일이었어.

너는 여전히 '안 간 거'라 표현한다. K는 부정도 긍정도 하지 않는다.

난 유니폼은 별로 좋아하지 않거든.

전의 말과 좀 다른데?

둘 중 하난 거짓말이겠지. 난 양치기 소년이니까.

하여튼.

네가 주먹으로 K의 가슴을 살짝 때린다. 심장은 순식간에 2배속, 4배속, 8배속, 16배속, 32배속, 64배속, 128배속으로 뛴다. 뛰고 뛰어 끓어오르는 심장은 아예 용광로가 된다. 유자를 닮았던 선생의 바람은 오랜 세월이 흐른 뒤에야 비로소 이루어졌다.

걸음을 옮긴 너는 계단 바로 위에서 다시 멈춘다. 너의 입에서 노래가 흐른다. '망치 소리 내 맘을~'로 시작되는 노래다. K가 처음 교회에 나갔던 날, 고등부 집회에 나갔던 날, 성가대가 불렀던 노래다. K의 눈길을 느낀 너는 노래를 멈춘다. K가 묻는다.

이제 어떻게 할 거야?

글쎄. 어떻게 할까?

너는 목을 빼고 계단 아래를 본다. 낯익은 곳에 자리한 낯선 빌라를 본다. 너는 웃으며 말한다.

내려가서 자세히 봐야겠다.

너는 하나, 둘, 셋, 세 개의 계단을 내려간다. K도 너를 따라 하나, 둘, 셋, 세 개의 계단을 내려간다. 너는 너의 집이 있던 자리에 들어선 사층 혹은 오층 빌라의 입구를 응시한다. 격물치지하려는 것처럼 눈 한 번 깜빡이지 않고 빌라의 입구를 끈질기게 응시한다. 네 눈에 눈물이 살짝 고인 건 격물치지에 몰입했다는 증거다. K는 기다린다. 격물치지의 결과를 네 입으로 통보할 때까지 조용히 기다린다. 통보의 결과는 다음과 같다.

들어갈게.

들어간다고? 여길?

그래, 여긴 내 집이니까.

K는 할 말을 잃는다. 지금껏 너는 논리적이었다. 흠잡을 곳이 없었다. 격물치지의 결과 너는 비논리적이 되었다. 주희가 틀렸던 걸까? 격물치지는 잘못된 성찰 방법일까? 그러나 너는 성숙한 인간이다. 주희가 옳건, 그르건 K에겐 너를 막을 근거가 없다. 너는 웃으며 묻는다.

그런데 여기까지 웬일이니?

똑같은 질문엔 똑같이 답할 수밖에 없다.

근처에 왔다가.

너는 고개를 끄덕이고 손을 흔든다. 그 순간 세상이 살짝 흔들 린다. K는 눈을 질끈 감는다. 사층 혹은 오층 빌라에 너의 옛집이 겹친다. 사층 혹은 오층 빌라가 사라지고 너의 옛집만 남는다. 네 가 벨을 누르는 동안 K는 벽을 본다. 문이 열린다. 네가 들어간다. 문이 닫힌다. K는 쪼그리고 앉는다. 고고학자처럼 벽을 뒤지며 너 의 이름을 찾는다. 있다. 엘리 엘리 라마 사박다니. 눈물이 따가워 눈을 뜬다. 사층 혹은 오층 빌라가 K 앞에 버티고 서 있다. 계단은 여전하다. 담벼락도 여전하고, 감나무도 여전하다. 네가 준 우산 도 여전하나 너는, 없다. K는 바닥을 본다. 돌멩이가 보인다. K는 돌멩이를 들고 네가 사라진 사층 혹은 오층 빌라 입구로 간다. 쪼 그리고 앉아 벽에 이름을 새긴다. 작업을 끝낸 K는 무엇을 했나? 우산을 접어 빌라 앞에 놓는다. 가이사의 것은 가이사에게다. 비 는 가랑비다. 옷깃이 젖을 수도 있지만 K는 상관하지 않는다. K 는 계단을 오른다. 하나, 둘, 셋, 세 개의 계단을 오른다. 계단 위에 서서 계단 아래를 본다. 사층 혹은 오층 빌라가 보인다. 오층 혹은 사층 빌라도 보인다. 눈을 감는다. 어둠뿐이다. 눈을 뜬다. 고개를 끄덕인다. 이번에는 깨끗이 결과에 승복한다. 걸음을 내딛는다.

지하철 출구를 빠져나와 지상에 발을 디딘다. 정면으로 비치는 햇빛에 잠시 멈칫한다. K는 손바닥을 뻗는다. 손바닥을 뻗어 알 수 있는 것은 아무것도 없다. 손바닥은 온도계가 아니다. 그래서 K는, 걷는다.

병원은 멀지 않다. 입구에는 친구가 서 있다. 전화 통화를 하던 친구는 손을 들어 인사와 잠깐만 기다리라는 신호를 동시에 낸다. 3루 주루 코치가 사인 내는 모습과 얼추 비슷하다. 통화는 금방 끝나지 않는다. K는 병원 담벼락에 기대어 지난겨울 방문했던 도시, 후쿠오카를 생각한다. 공항과 역사, 숙소 외엔 딱히 떠오르는 게 없다. 이유는 명확하다. 후쿠오카에 들른 사람이라면 누구나 한번쯤 방문한다는 다자이후 텐만구나 규슈 박물관, 그리고 야후 돔 같은 명소에 K는 가지 않았다. 미쯔코시, 다이마루, 이와타야 백화점이 스모 선수처럼 마주보면서 서 있다는 텐진 거리 또한 외면했다. 무엇을 했느냐 하면 아침 일찍 일어나 역으로 가 기차를 탔다. 나가사키, 모지로, 유후인 등 다른 도시를 구경 — 이라기보다는 배회 — 하고는 밤이 깊어서야 돌아왔다. 후쿠오카를 찾아갔으면서도 후쿠오카를 떠나지 못해 안달복달하는 사람처럼 해 뜨기 무섭게 떠났다 해 지면 돌아왔다. 늦은 저녁을 먹고 난 후엔 걸었다. 지하철을 타고 이름 모를 역에 내려선 걸었다. 후쿠오카는 소박한 도시였다. 도시 중심부를 제외하면 한국의 중소 도시와 다를 것이 없었다. 걷다 지치면 택시를 잡아타고 숙소로 돌아왔다. 그렇게 5일을 보내다가 돌아왔다.

친구가 K의 어깨를 툭 치며 말한다.

들어갈까?

K는 말없이 고개만 끄덕인다. 장례식장으로 들어서는 순간 시 하나가 떠오른다. '구차스러울 만큼 이런 말 저런 말 늘어놓으면서 되풀이하여 제 나름대로 삶을 그려보려는 것이 아닐까, 그것은.' 누가 지은 시인지, 왜 지은 시인지도 모른다. 자신이 시를 언제 읽었는지도 모른다. 그럼에도 시가 떠올랐다. 갑자기.

지하로 향하는 계단을 내려간다. 돌아서고 싶은 유혹을 누르고 간신히 내려간다. 네가 맞이한다. 너는 첫 번째 방에 있다. 사진 속의 너는 환하게 웃고 있다. 언제 찍은 사진인지 K는 알 수가 없다. 사진 속에서 환하게 웃고 있는 너의 나이를 K는 짐작할 수 없다. 사진 속에서 환하고 웃고 있는 너는 K의 기억에는 없다. 그 시간이, K에게는 없다. 그럼에도 단어 하나가 떠오른다. 너는 여전하다. 여전해서 이상하다. 그래서 K는 속으로 이상해, 하고 중얼거린다. K는 신발을 벗는다. 너의 앞에 선다. 고개를 숙인다. 눈을 질끈 감는다. 주희와 연암이 함께 말한다. 너는, K는, 너는, K

141

는, 너는, K는, 너는, K는……. 청나라의 노련한 석공이 돌을 쪼갠다. 주희와 연암이 함께 말한다. 너는, K는, 너는, K는, 너는, K는, 조선의 순박한 석공이 이름을 새긴다. 주희와 연암이 함께 말한다. 너는, K는, 너는, K는, 너는, K는. 소년이 이름을 쓰고, 소녀는 이름을 읽는다. 주희와 연암이 함께 말한다. 너는, K는, 너는, K는, 너는, K는. 거리엔 비가 내리고, 석공은 이름을 새긴다. 주희와 연암이 함께 말한다. 너는, K는, 너는, K는, 너는, K는. 비가 그치면 빗방울이 사라진다. 주희와 연암이 함께 말한다. 너는, K는, 너는, K는, 너는, K는. 네 눈을 감고 또 감으면 비로소 네 집이 보이리라. 주희와 연암이 함께 말한다. 너는, K는, 너는, K는, 너는, K는…….

사회
에서

아내는 K에게 미쳤다고 했다. 집을 나가면서 마지막으로 남긴 말이었다. 하기는 그럴 법도 했다. 자신과 헤어지겠다는 아내에게 K는 소년이 보이지 않느냐고 물었다. 아내는 말없이 K의 얼굴을 쳐다보았다. 혐오로 가득한 아내를 보며 K는 손을 뻗어 거실 벽을 가리켰다. 아내는 비명을 질렀고, 비명은 이내 분노로 바뀌었다. 아내는 K를 마구 때리기 시작했다. K가 바닥에 쓰러지자 발로 짓밟았다. K는 저항하지 않았다. 그저 몸을 웅크려 자신을 보호하려 했다. 아내의 몸무게는 48킬로그램도 채 나가지 않았다. 하지만 아내의 몸을 채우고 있는 것은 K에 대한 수년간의 적의였고, 그것은 강철 같은 힘으로 표출되었다. 아침 햇살이 거실을 환히 비추었다. 청소차에서 흐르는 건전 가요가 멀지 않은 곳에서 들려왔다. 누군가가 구령을 붙여 맨손 체조를 하는 소리가 들렸다. 다른 이들이 잠에서 깨어나 막 하루를 시작하려는 시간에 아내와 K는 격렬한 싸움을 벌였다. 아니, 싸움이라기보다는 일방적인 공격의 연속이었다. 근육질이며 식스 팩과는 아예 거리가 먼 K는 더 이상 버티지 못하고 정신을 잃었다. K가 마지막으로 기억하는 것은 당신은 미쳤어, 라는 적나라한 적의의 말이었다.

K가 다시 깨어났을 때 집 안은 온통 난장판이었다. 총체적 난국이라는 표현의 완벽한 구현이었다. 집 안 어느 곳도 온전한 모습을 하고 있지 않았다. 붙박이장 안에 있어야 할 이불이며, 책장에 있어야 할 책들이 모두 다 바닥을 제 거처인 양 차지하고 있었다. 주방과 베란다는 더 볼만했다. 깨진 그릇들이 싱크대 주변을 점령했고, 뿌리 채 뽑힌 난초에서 기어 나온 벌레들이 깨진 화분들 사이를 유유히 산보했다. K는 유일하게 멀쩡한 장소로 남은 소파에 앉아 풍경이랄 것도 없는 풍경을 감상했다. 파국이란 이런 것인가 하는 생각이 들었다. 왠지 억울한 기분이었으나 사실은 어느 정도 예측 가능한 일이기도 했다. 6개월 전 처음 소년을 본 이후 줄곧 염려하던 일이 마침내 현실로 나타난 것이다. K의 미래에 암운을 드리우기 시작했던 운명의 그날을 똑똑히 기억한다. 그날 역시 K는 제정신이 아니었다. 회식 자리에 갔다가 잔뜩 취해 집에 들어왔다. 아내는 K에게 한 번만 더 몸을 가누지 못할

145

정도로 술을 마시고 들어온다면 그때는 이혼이라고 했다. K는 웃었다. K는 웃으며 '그때는 이혼'이라는 말을 반복했다. 아내는 얼굴을 찡그리고는 안방으로 들어가 버렸다. K는 비틀거리면서도 그때는 이혼이라는 말을 멈추지 않았다. 그때였다, 소파 뒤편 벽에서 무엇인가가 꿈틀거린 것은. K는 비틀거리지 않으려 애를 쓰면서 요동치는 벽을 지켜보았다. 잠시 후 움직임이 멈추었고 소년이 문 열고 들어오듯 자연스럽게 거실에 나타났다. 모자를 쓴 머리가 그의 어깨쯤에 닿고, 발에는 낡은 나이키 운동화를 걸친. 소년이 다가오자 K는 소리를 지른 후 그 자리에 쓰러졌다. 잠시 후 눈을 떴을 때 K가 본 것은 아내의 얼굴이었다. 아내는 대체 무슨 야단이냐고 물었다. K는 바닥에 누워 우우우 하는 소리만을 냈다. 아내는 냉장고에서 생수병을 꺼내 K의 얼굴에 쏟아부었다.

예측 가능한 일이었다고 했지만 비유하자면 그건 장기 전망에 가까웠다. 벼락처럼 모든 게 한순간에 변하리라고는 전혀 생각하지 못했다. K는 어제까지만 해도 중견 기업의 차장이었고, 한 집안의 가장이었고, 자신의 명의로 된 아파트 한 채를 소유한 건실한 중산층이었다. 변화는 전날 오후, 상무의 갑작스런 호출로부터 시작되었다. 상무는 목례하는 K에게 대뜸 바람을 피우고 있는지를 물었다. 다른 사람도 아닌 상무가 회식 자리도 아닌 업무 시간에 그런 질문을 한다는 사실이 꽤 당황스러웠다. K는 웃으며 그런 일은 없다고 대답했다. 하지만 상무는 아니지, 아니지, 그건 답이 아니지, 하며 고개를 저었다. 상무는 K를 위아래로 훑어본 후 여직원의 이름을 댔다. K의 가슴이 덜컥 내려앉았다. K는 상무의 입에서 나온 여직원을 떠올렸다. 몇 달 전에 입사한 여직원과 대여섯 차례 만나 저녁을 먹고 커피를 마신 것은 사실이었다. 만남의 횟수가 적은 것은 아니었으나 그렇다고는 해도 건전하기 그지없던 그 만남을 바람이라 부르는 건 옳지 않았다. K가 자신도 모르게 웃음을 지었던 모양이었다. 상무는 지금 웃음이 나오느냐고 버럭 소리를 질렀다. 당장 회사를 그만두라는 단호한 명령이 이어졌다. K는 어안이 벙벙했다. 여직원과 몇 번 만났다는 이유로 회사를 그만두라니 한마디로 말도 되지 않는 소리였다. 설령 상무의 주장대로 '바람'을 피웠다 해도 마찬가지였다. 회사에 악영향을 미친 게 아닌 이상 사생활 때문에 처벌을 받을 이유는 없었다. 그러나 상무는 계속해서 몰아붙였다. 상무는 K가 만나고 있는 여직원이 사실은 자신의 조카라는 사실을 밝혔다. 진술은 이미 다 받아 놓았으니 원하기만 하면 언제든지 성희롱 죄를 적용해 징계 위원회에 회부할 수 있다고 엄포를 놓았다. 불명예 퇴직을 당하든지 자발적으로 회사를 걸어 나가든지 둘 중 하나를 택

하라고 했다. K는 그제야 자신이 처한 상황을 제대로 이해했다. K는 상무와 함께 차기 대표 이사 자리의 물망에 오르고 있는 이사의 라인이었다. 사실 회사에는 여직원이 입사한 직후부터 어쩌면 상무의 끄나풀일지도 모른다는 소문이 떠돌았다. 아, 소문에 좀 더 주의를 기울였어야 했다. 오래간만에 말이 통하는 상대를 찾았다는 기쁨에 눈이 멀어 일을 그르친 것이었다. 그렇더라도 K는 조금 더 강력하게 변호할 수 있었을 것이었다. 여직원과 나눈 건 밥과 커피와 이야기뿐이며, 만에 하나 '성희롱'을 인정한다 해도 해직은 도를 넘어서는 징계라는 점을 강조할 수 있었을 것이었다. 이사에게 도움을 청하는 길도 가능했을 것이었다. 그럼에도 K는 깨끗이 물러서는 길을 택했다. 명예를 보석처럼 귀하게 여겨서도, 이사의 앞날을 막고 싶지 않은 충정이 넘쳐서 그런 것도 아니었다. 굳이 이유를 밝히자면 그건 여직원 때문이었다. 무슨 말인가 하면 K는 여직원을 신뢰하고 있었다. 함께 대화를 나눌 상대로, 그러니까 진짜 생각을 교환할 수 있는 상대로 여기고 있었다. 물론 그것은 헛된 믿음이었다. 결국 K는 너무 쉬운 먹이에 지나지 않았던 것이었다. K는 더러운 회사 따위 당장 그만두어 버리기로 했다.

혼자서 술을 퍼마시다 아침이 다 되어서야 집에 돌아온 K를 맞이한 것은 아내의 울부짖는 소리였다. 예상하지 못했던 일은 아니었다. 아내에게는 K의 회사에 근무하는 절친한 친구가 있었다. 그 친구가 분명 재빨리 연락을 취했을 것이다. 자세한 내막 따위 알 리 없는 그 친구는 '바람'에 초점을 맞춰 사건을 전달했을 것이다. 아내의 울부짖음에는 어딘가 모르게 가식의 기운이 있었다. 어쩌면 아내는 이런 종류의 일을 내심 바라고 있었는지도 모르겠다는 생각이 들었다. 이제 와서 하는 말이지만 K와 아내는 모든 것이 달랐다. 결혼 전에 새롭고 색다르게 다가왔던 그 차이들은 결혼 후에는 넘을 수 없는 벽이 되었다. 생수 한 병, 라면 한 개에 대한 기호부터 좋아하는 티브이 프로, 연예인 유형, 교육관, 자녀관, 정부 형태, 심지어는 원하는 죽음의 방법까지 모든 것이 달랐다. 다툼 없이 지나간 날은 단 하루도 없었다. 4년, 그 정도의 기간이라면 노력하지 않았다고 말할 수는 없는 기간이었다. 동거의 고통은 그것으로 충분했으리라. 아내의 울부짖음은 그리스 연극에 등장하는 코러스와도 같았다. 어쩔 수 없는 운명을 받아들여야 한다는 신탁을 고통스러운 목소리로 그럴듯하게 재연한 것에 다름 아니었다. 그러니 K의 눈앞에 펼쳐져 있는 난장판은 고통의 4년을 선사한 K에 대한 당연하고 장엄한 응징이었다.

K는 천천히 집 안을 정리하기 시작했다. 이불을 붙박이장에 넣

149

고, 깨진 그릇들을 치우고, 난초와 화분을 버렸다. 남은 것은 책들을 정리하는 일이었다. K는 한숨을 내쉬었다. 수백 권은 족히 넘어 보이는 책들이 고통을 호소하며 구원의 손길을 기다렸다. 정황으로 볼 때 곧 거처를 옮겨야 할 것이 분명했지만 아무리 임시방편이라도 아무렇게나 책들을 꽂기는 싫었다. K가 이 집 안에서 소중히 여기는 것들이 있다면 바로 이 책들이었다. 결국 K는 조금 시간이 걸리더라도 분야별로 분류해 꽂는 방법을 택했다. 말과는 달리 그 작업이 그렇게 어려운 것은 아니었다. 10년 넘게 회사원 생활을 한 K는 목차를 잡고, 소제목을 달고, 적당한 내용을 채워 넣는 종류의 일에 있어서는 달인이었다. K는 수십 장의 포스트잇에 항목을 적었다. 빠진 것이 없는지 점검한 후 책장에 붙였다. 바닥에 놓인 책 한 권을 들어 책장과 책장 사이를 오가며 최적의 자리를 찾았다. 책장에 꽂은 뒤에는 한 걸음 뒤로 물러나 전체와 조화를 이루는지 점검했다. 제 위치가 아니다 싶으면 책을 좌, 혹은 우, 혹은 위, 혹은 아래로 이동시켰다. 만족스럽다 싶으면 고개를 크게 끄덕이고 다음 책을 집어 들었다. 꽤 많은 시간을 필요로 하는 방식이었지만 K에겐 어차피 시간이 많았다. 게다가 K는 그런 식으로 책을 정리하면서 안정을 되찾고 있었다. 자신이 오래전에 구입했던 책의 표지를 살펴보고, 책장을 넘겨 가

며 내용을 훑어보는 것은 즐거운 일이었다. 책 한 권, 한 권마다
에는 역사가 있었다. 낡은 책의 경우는 더욱 그랬다. 가끔씩은 책
안에서 오래된 서표나 마른 꽃들이 나왔다. 기억 속으로 손을 넣
어 보면 관련된 추억이 줄줄이 밖으로 나왔다. 단발머리 여학생
이 수줍게 웃으며 지나갔고, 동네 어귀 오래된 서점의 백발 머리
주인이 손을 내밀었고, 옛 친구가 어깨를 툭 치며 지나갔다. 가끔
은 들어본 적도 없는 지방 서점의 매출표가 나와 K를 놀라게 했
다. 하지만 정작 K가 가장 놀란 것은 삼중당 문고본에서 흑백 사
진 한 장이 떨어졌을 때였다. K는 사진을 보자마자 화들짝 놀란
후 누군가 그런 자기 모습을 보았을까 싶어 주위를 두리번거렸
다. 아무도 없는 것을 확인한 후에야 엉덩이를 바닥에 붙이고 앉
아 사진을 들여다보았다. 중학교 1학년 때 창경궁으로 백일장을
가서 찍은 사진이었다. 담임을 제외하면 모두들 똑같은 여름 교
복을 입고 있었다. 흑백 사진이었지만 K는 지금도 자신이 중학
교 시절에 입었던 하복의 색을 분명하게 떠올릴 수 있었다. 상의
는 푸른색, 하의는 회색이었다. 거기에 베이지색 계통의 모자가
더해졌다. K가 놀랐던 것은 모자 때문이었다. 대부분 모자를 손
에 들고 사진을 찍었지만 단 두 명의 아이들만이 모자를 쓴 상태
로 사진을 찍었다. 우연이었을까, 둘은 중학교를 마치지 못하고

세상을 떠났다. 두 아이 중 한 아이는 중학교 1학년 때, 그러니까 사진을 찍은 지 몇 달 후에 죽었다. 다른 한 아이는 그보다는 오래 살았다. 연합고사를 얼마 앞둔 겨울날, 강물에 뛰어들어 죽었다. K는 자신이 본 소년이 이 둘 중 하나일 수도 있겠다는 생각을 해 보았다. 그러나 두 아이 중 한 아이를 이 아이로군, 하고 선택할 수는 없었다. 아니 두 아이 중 한 아이라는 것도 K가 세운 가정에 지나지 않았다. 모자를 썼다는 이유만으로 그들을 소년과 동일시할 수는 없는 일이었다. 벽 속에서 소년이 다시 나타난 것은 바로 그때였다. K는 벽을 보지 않고서도 직감했다. 정신을 흐물흐물하게 하는 무엇인가가 자신의 마음 깊은 곳에서 떠오르는 기분을 느낀 K는 고개를 돌려 확인했다. 맞았다. 소년이 서 있었다. K는 소년을 처음 보았을 때처럼 두려운 마음이 들지는 않았다. 이제는 오히려 이 소년이 자신이 사진 속에서 보았던 아이들 중 하나가 맞는지 확인하고 싶은 생각마저 들었다. K는 소리를 지르거나 기절하는 대신 눈을 크게 뜨고 보았다. 그러나 얻을 수 있는 정보는 없었다. 소년의 모습에서 확실하게 드러나는 부분은 모자와 낡은 운동화뿐, 나머지는 흐릿했다. 존재하는 것은 분명했지만 확실히 존재한다고는 결코 말할 수 없는 이율배반적인 존재감이었다. 소년이 K를 바라보고 있는 것인지, 다른 곳을 보고 있는

지도 확실하지 않았다. 머뭇거리던 K가 대담하게 손을 뻗자 소년은 다시 벽 속으로 사라졌다. 그저 K의 손만이 헛되게 벽을 두드리고 있을 뿐이었다.

오후 늦게 여직원이 K를 찾아왔다. 여직원은 집 안에 들어서자마자 울음을 터뜨렸다. K는 위로할 생각이 없었다. 그래서 여직원을 소파에 앉게 하고는 울게 내버려 두었다. 한참 후 여직원은 여전히 울먹거리는 목소리로 자신의 행동이 이런 결과를 가져올 줄은 몰랐다고 했다. 비록 큰아버지의 명령을 받고 접근한 것이었지만 점차로 K에 대해 호감을 느끼게 되었다고 했다. 그럼에도 큰아버지에게 거짓말을 한 것은 자신을 아껴 준 큰아버지에게 무엇인가 보답을 해야 한다는 의무감, 그리고 자신이 예상한 징계라야 그저 K가 한직으로 밀려나는 정도였기 때문이라고 했다. K는 여직원이 하는 말을 사실대로 받아들이기가 어려웠다. 여직원의 태도에는 어느 정도 진실이 엿보였지만 이미 한 번 호되게 당한 K였다. K는 침착한 목소리로 당장 해결해야 할 문제만도 쓰레기 더미처럼 쌓여 있으니 다 지나간 일로 더 이상 자신을 괴롭히지 말라고 했다. 그 말을 들은 여직원은 영원히 친구처럼 지내고 싶다는 유아적이고 감상적으로 들리는 말을 소녀 같은 높은 억양에 실어 내뱉었다. 그는 여직원을 물끄러미 보다가 벽을 가리켰다. 벽 속에 소년이 있다고, 모자를 쓰고, 낡은 운동화를 신은 소년이 살고 있다고 말했다. 여직원은 어리둥절한 표정을 지었다. 잠시 후 여직원은 자신의 말은 결코 거짓이 아니니 제발 믿어 달라고 울부짖고는 느닷없이 무릎을 꿇었다. 불편한 자세로 용서해 달라는 말을 반복했지만 K는 그 말을 듣고 있지 않았다. 어느새 벽 속에서 다시 나타난 소년이 그들을 바라보고 있었기 때문이었다.

여직원을 간신히 돌려보낸 뒤 K는 자신이 보았던 소년의 모습을 떠올려 보았다. K는 백지에 소년의 모습을 그려 보기로 했다. 어느 심리학책에선가 그림을 그려 보는 것이 문제 해결에 많은 도움을 준다는 정보를 읽은 적이 있었기 때문이었다. 어려울 것 같지는 않았다. 지금까지 여러 차례 소년을 보았으므로 정확히 그릴 수 있을 것 같았다. 하지만 그건 착각이었다. 막상 그리려 하니 모자와 낡은 운동화 이외에는 아무것도 떠오르지 않았다. 얼굴이 흐릿한 것은 물론이었고, 소년의 옷과 몸매 등 조금이라도 세부적인 것들은 마치 존재하지 않는 것처럼 희미하게 느껴졌다. K는 연필을 던지고 자신의 머리를 쥐어뜯었다. 아, K의 인생은 완전한 파멸이었다. 집 나간 아내의 말대로 K는 미친 게 분명했다.

K는 냉장고에서 소주를 꺼냈다. 절반을 한 번에 마시니 속이 뜨거워졌다. 남은 절반을 마저 마신 후에 소년이 출몰하는 소파 뒤편 거실 벽을 향해 소주병을 집어던졌다. K는 소년이 이마에 피를 흘리며 나타나기를 바랐다. 그러나 벽은 잠잠했다. K는 더 많은 알코올로 정신을 마비시키기 위해 아파트를 빠져나갔다.

다음 날 다시 눈을 떴을 때는 이미 한낮이었다. K의 머리에 가장 먼저 떠오른 것은 울먹이던 여직원의 목소리였다. 어젯밤 여직원은 전화를 걸어 자신도 회사를 그만두었다는 사실을 알려 왔다. K는 소리를 지르고는 전화를 끊어 버렸다. 그런데 다시 생각해 보니 조금 이상하기는 했다. 여직원이 상무의 끄나풀이라면, 그래서 이사와 친밀한 관계를 유지하고 있던 K를 몰아내는 것을 목표로 했다면 굳이 회사를 그만둘 필요는 없었다. 아니었다. 어쩌면 목표를 달성했으니 더 이상 할 일이 없을지도 몰랐다. 처음부터 K만을 노리고 입사했을 수도 있었다. 별다른 이유도 없이 곧장 K에게 접근해 온 것이 좋은 증거였다. K는 고개를 저었다. 자신에게 일어난 일들은 하나같이 비현실적이었다. 아내, 소년, 여직원…… 호접몽, 어쩌면 그는 장자처럼 긴 꿈을 꾸고 있는지도 몰랐다. K는 소파 앞에 서서 거실 벽을 바라보았다. 얼마 지나지 않아 소년이 나타났다. 언제나처럼 모자를 쓰고 낡은 운동화를 신었다. K는 손을 뻗어 소년을 만지려 했다. 소용없었다. K의 손은 소년의 몸을 통과했고 모자를 통과했다. 느껴지는 것은 딱딱한 벽뿐이었다. 잠시 후 소년이 멈칫하더니 이내 사라졌다. K는 입을 벌려 무언가를 말하려다 그 자리에 주저앉았다. 소년이 멈칫하는 그 짧은 순간 무엇인가를 본 느낌이었다. 그것이 무엇인지는 말로 표현하기 어려웠다. 순간적으로 소년의 얼굴이 밝아졌다가 다시 어두워진 것 같기도 하고, K를 향해 잠시 웃음을 보였던 것 같기도 했다. 달리 표현할 말이 없어서 K는 '진전'이라는 단어를 입 밖에 냈다. 진전, 꺼내 놓고 보니 진전이라는 단어는 참 낯설고 무의미했다. K는 냉장고에서 맥주를 꺼내 소파에 앉았다. 한낮에 마시는 맥주가 K의 마음을 누그러뜨렸다. 밖에서 아이들 떠드는 소리와 새 울음소리가 들렸다. 생각해 보면 K가 지금 이 아파트에 앉아 있다는 것은 기적이었다. K가 어렸을 때만 해도 아파트가 서 있는 자리에는 조그마한 집들이 다닥다닥 붙어 있었다. 사람 둘이 간신히 지나갈 만한 경사진 골목길들이 그 조그마한 집들을 연결했다. 10평도 채 안 되었던 K의 집 또한 그중의 하나였다. K의 집에는 낮에도 볕이 잘 들지 않았다. 그래서 늘 형광등을 켜 놓고 지내야만 했다. 화장실이 집 밖에 있는 것 또한 참기 힘든 일이었다. 매서운 바람이 불어오는 겨울날, 따뜻한 자리

157

를 박차고 나와 화장실에 가야 하는 것은 그 자체로 크나큰 형벌이나 다름없었다. 눈만 오면 빙판으로 변하는 언덕길이나 연탄재와 함께 굴러다니던 개똥은 오히려 부차적인 문제였다. 그런 동네가 20여 년이 지난 지금 고층 아파트 단지로 변했다. 강남에서 살자는 아내를 도심권 운운하며 설득해 지금의 아파트를 산 것은 K였다. 원주민인 K는 성공의 기분을 누리며 당당하게 새 아파트에 입성하고 싶었던 것이다. 그러나 그것은 개꿈이었다. 아내는 집값의 삼분의 이에 이르렀던 자신의 몫을 요구할 것이 분명했다. 이제 K의 처지는 그 옛날 아파트가 지어지기 전 이곳에 살았던 때와 다를 바 없었다. K에게 일어났던 기적은 모두 사라졌다. 이제 모든 것을 버리고 다시 시작해야 하는 것이었다. 전쟁 통에 가족과 함께 세상을 떠돌며 살아야 했던 두보는 어디서 넓은 집 채 천만 칸을 얻어서 천하 가난뱅이들을 모두 덮어 줄 것인가 한탄했다. 그러나 K에게는 집 한 칸도 지나친 욕심임에 분명했다.

K는 집 걱정일랑 그만하기로 했다. 금전이 걸린 문제이니만큼 아내가 모든 걸 알아서 처리할 테니. 하여 K는 사진에서 보았던 두 아이에 집중했다. 당시의 급우들 대부분이 그랬듯 두 아이도 이 근처 어딘가에서 살았을 것이었다. 그들의 삶의 길이는 참 짧았다. 한 아이는 백혈병으로 죽었다. K는 지금도 한때 자신의 짝

이었던 그 아이의 얼굴을 또렷이 기억할 수 있다. 검붉은 혈색의 마름모꼴 얼굴에 잔뜩 뻗친 머리, 하지만 웃는 표정이 마냥 착하게 보이던 아이였다. 그 아이가 병원에 입원했을 때의 일이 기억난다. 필요한 거 없느냐는 K의 형식적인 질문에 그 아이는 신해철 테이프가 갖고 싶다는 진지한 답변을 했다. K는 고개를 끄덕일 수 없었다. 가난한 중학생인 K에게 신해철 테이프를 살 돈이 있을 리 없었던 것이다. 그렇다고 아픈 아이 앞에서 대놓고 고개를 젓기도 뭐했다. 결국 K는 슬쩍 말머리를 돌리는 전략을 택했다. 다행히도 그 아이는 더 이상 테이프 얘기를 꺼내지 않았다. 그러고 나서 일주일 뒤 그 아이는 세상을 떠났다. 편안한 죽음이었다고 했다. 치료를 중단하고 퇴원을 한 뒤 어머니의 등에 업혀 절에 다녀오던 중 세상을 떠났다고 했다. 그 아이가 죽었다는 것을 들었을 때 가장 먼저 떠오른 것은 역시 신해철의 테이프였다. K는 그 테이프를 그 아이가 죽은 뒤 1년이 지나서야 가질 수 있었다. 그래, 어쩌면 그 아이는 그 테이프를 잊지 못하는 것은 아닐까? 그래서 자꾸만 나타나는 것은 아닐까? K는 고개를 저었다. K는 그 아이에게 테이프를 사 주겠다고 약속한 적이 없었다. 착한 아이였던 만큼 그 아이도 분명 그 사실을 알고 있을 것이었다. 그러니 그런 모호한 이유로 오랜 세월을 기다렸다가 다시 K 앞에 나타나는 것은 그 아이의 성격과 맞지 않았다. 다른 아이의 경우는 사정이 조금 더 복잡했다. 한때는 그 아이와 단짝처럼 지냈다. 그러나 반이 갈리면서 그들 사이도 금이 갔다. 처음에는 수업이 끝나면 운동장에서 만나 함께 집에 가곤 했다. 몇 달이 지나자 사정이 바뀌었다. K는 새로운 친구들을 사귀었고, K를 기다리던 그 아이는 번번이 허탕을 치고 혼자 집에 가야만 했다. 그러한 일이 몇 차례 반복되자 그들 사이는 급격하게 멀어졌다. 중학교 3학년 때 같은 반 급우로 다시 만났지만 예전과는 달랐다. 그 아이는 소위 말하는 양아치가 되어 있었다. 반 아이들에게 주먹을 휘두르고 잔돈푼을 뜯는 질이 낮은 놈들, 그들 중 한 아이가 그 아이였다. 하지만 옛정을 생각해서였을까, 그 아이가 K의 돈을 뜯는 일은 없었다. 마주치면 알 듯 모를 듯 가벼운 웃음만 짓는 것, 그것이 그 아이가 K에게 보이는 행동의 전부였다. 11월도 다 지나갈 무렵이었다. 그 아이가 다가와 저녁에 좀 만나고 싶다고 했다. 시험도 얼마 안 남았으니 같이 술 한잔 마시자는 제안이었다. K가 묵묵부답으로 응대하자 그 아이는 K의 어깨를 툭툭 두 번 두드리고는 교실을 빠져나갔다. 모범생인 K는 물론 그날 저녁 그 아이를 만나러 가지 않았다. 그것이 마지막이었다. 다음 날부터 그 아이는 학교에 나오지 않았다. 담임이 그에 관한 소식을 알려준 것은 열흘 정도가 지난 뒤였다. 담임은 무표정한 얼굴로 그 아이가 스스로 목숨을 버렸다고 말했다. 한강 다리에서 뛰어내렸다는 상세 정보는 그저 지나가듯 덧붙였다. 퉁퉁 부은 채로 발견되었다는 그 아이에 대한 생각 때문에 K는 며칠 동안 잠을 제대로 이룰 수 없었다. 어쩌면 그 아이는 K가 자신과의 우정을 망각했다고 여기는 것은 아닐까? 마지막 제의를 거절했다고 원망하는 것은 아닐까? K는 이번에도 고개를 저었다. 그 아이와의 우정을 배반한 것은 아니었다. 새롭게 사귄 친구는 새롭게 사귄 친구였고, 그 아이와의 우정은 그 자체로 변함이 없었다. 다만 그 아이가 그러한 사실, K가 자기 이외에 다른 친구를 만나고 있다는 사실을 받아들이지 못했을 뿐이었다. 그러니 그 또한 전적으로 K의 잘못이라고 할 수는 없었다. 마지막 제의, 술을 마시자는 그 제의 또한 그랬다. 그것은 시험을 앞둔 친구에게 권할 만한 행동이 아니었다. 공부를 가르쳐 달라거나, 잔돈푼을 빌려 달라거나 하는 부탁이었으면 거절하지 않았을 터였다. 하지만 그 아이가 한 제의는 모범생인 K가 결코 받아들일 수 없는 것이었다.

고민하던 K의 머리에 오래전에 읽었던 보르헤스가 떠오른 것은 어쩌면 행운이었다. K는 책장에서 보르헤스의 책을 찾았다. 훌륭한 분류 덕분에 책은 쉽게 찾았다. K는 표지에 있는 보르헤스

161

의 사진을 잠시 감상한 후 소년이 출몰하는 벽에 기대 앉아 책을 뒤적거렸다. 접힌 곳이 딱 한 군데 있었다. 그 쪽의 내용은 다음과 같았다.

걸어온 곳에도 길은 없고 걸어야 할 곳에도 길은 없다.
그러나 걸어온 곳과 걸어야 할 곳 없이는 길 또한 없을 것이다.°

K는 깨달음을 얻으려는 선승처럼 그 구절을 몇 번이나 되풀이해 읽었다. 그럼에도 의미는 분명하게 다가오지 않았다. K는 책을 덮고 보르헤스의 사진을 만졌다. 사진 속의 보르헤스는 만년의 보르헤스였다. 눈먼 보르헤스가 붉은 지팡이를 짚고 어딘가를 쳐다보고 있었다. 그의 표정에는 기쁨도, 슬픔도 담겨 있지 않았다. 보르헤스는 자신의 눈이 먼 이유가 바로 업 때문이라고 말한 적이 있었다. 업이라, 업. K는 침을 한 번 삼킨 뒤 눈을 감았다. 어쩌면 자신이 보고 있는 소년은 K 안, 마음의 눈으로라야 제대로 볼 수 있는 건지도 몰랐다. 눈을 크게 뜨는 것이 아니라 눈을 감음으로써 소년의 모습을 볼 수 있고, 그래야 소년이 길을 알려 주

° 호르헤 루이스 보르헤스 등이 쓰고 김홍근이 편역한 『보르헤스의 불교 강의』(여시아문)에서 인용하되. 문장을 살짝 바꾸었다.

리라는 생각이 두서없이 들었던 것이다. 5분이 지났을까, 10분이 지났을까, K가 기대고 앉아 있는 벽이 꿈틀거리는 것이 느껴졌다. 꼭 감은 눈앞에 소년의 모습이 떠올랐다. 소년은 여전히 같은 차림이었다. 소년은 K에게 손을 내밀었다. K는 잠시 망설였다. 이것이 과연 걸어온 곳과 걸어야 할 곳 사이에 있는 또 다른 길인 것일까? 그럴 수도 있고, 아닐 수도 있었다. 샛길일 수도 있고, 벼랑일 수도 있었다. 삶의 연장일 수도 있었고, 죽음의 초입일 수도 있었다. 정념일 수도 있었고, 사념일 수도 있었다. 소년은 손가락 끝을 살짝 움직여 K를 재촉했다. 그 움직임, 투박하면서도 따뜻한 그 움직임은 어딘가 낯이 익었다. 그렇다면 더 고민하고 말고도 없었다. K는 그 친숙함에 도박을 걸어 보기로 했다. K는 소년을 향해 손을 뻗었다. 소년의 얼굴에 웃음기가 흘렀거나 그렇게 보였다. 잠시 후 소년은 거칠게 K를 잡아끌었다. K는 비명을 지르며 벽 안으로 끌려 들어갔다.

소년은 K를 수없이 많은 돌계단이 있는 지하 공간으로 인도했다. 철가면이나 몬테크리스토 백작 같은 책을 읽으며 상상했던 지하 감옥과 꽤 비슷했다. 길은 사람 두 명이 간신히 통과할 수 있을 정도로 좁았고, 근원을 알 수 없는 흐릿한 불빛만이 길을 밝혔다. 그때였다, 누군가의 비명 소리가 들린 것은. 그 소리를 들은

163

소년은 K의 손을 놓더니 지하 깊숙한 곳으로 사라졌다. 순식간에 일어난 일이었다. K가 어떻게 해 볼 틈조차 없었다. 두려움에 빠진 K는 고개를 돌려 뒤를 돌아보았다. 아무것도 보이지 않았다. 흐릿한 불빛 사이를 지나왔지만 어느새 그 불빛들은 사라지고 없었다. K는 손을 더듬어 자신이 밟고 지나왔던 돌계단을 찾으려 했다. 헛된 노력이었다. 허리를 굽히고 손을 더듬거렸지만 닿는 것은 없었다. K는 자신이 갈 곳은 그저 흐릿한 불빛이 꿈틀대며 밝히고 있는 지하뿐이라는 것을 깨달았다. K는 조심스럽게 계단을 내려갔다. 한 걸음, 한 걸음 앞으로 발을 내디딜 때마다 지나온 불빛은 꺼졌다. 얼마를 내려온 것인지 기억조차 하기 어려울 무렵 마침내 커다란 문이 나타났다. K의 신장의 몇 배는 되어 보이는, 아니 수십 배, 수백 배, 수천 배는 되어 보이는, 그러니까 상식적인 세계의 방식으로는 크기를 짐작할 수 없는 육중한 철문이었다. K가 손을 대자 문은 아무런 저항 없이 열렸다. 잠시 머뭇거리다가 안으로 들어갔다. 안쪽의 모습은 이제껏 걸어왔던 길과는 달랐다. 여전히 어둡기는 했지만 사물을 확연하게 분간할 수 있는 정도의 어두움이었다. 뒤쪽의 불빛 또한 그대로 남아 있었다. K는 걸음을 내딛었다. K는 좁고 긴 복도를 걷고 있는 중이었다. 좌우 벽에는 사람들의 초상화가 걸려 있었다. 그림 속의 인물들은 어딘가 낯이 익었다. 하지만 꼭 집어 누구라 말할 정도로 분명한 사람들은 아니었다. 어디선가 한 번은 본 듯한 인물들이었지만 누구냐고 물어보면 답할 수 없는 이들, 그것이 K가 떠올릴 수 있는 것의 전부였다. 복도는 K가 발걸음을 디딜 때마다 조금씩 넓어졌다. 양손을 뻗으면 닿을 것만 같았던 좌우의 벽이 조금씩 멀어졌다. 벽에 걸린 그림의 모습이 희미하게 보일 만큼 간격이 넓어졌을 때 K의 앞을 가로막는 것이 있었다. 둘레와 높이를 짐작할 수 없는 비현실적인 돌기둥이었다. 돌기둥 안에서 무슨 소리가 들려왔다. 웃음소리 같기도 하고 비명소리 같기도 한 소리가 들려왔다. 돌기둥에 귀를 대자 그 소리는 더욱 크게 들렸다. 까르르 웃는 소리도 들렸고, 누군가가 커다란 목소리로 야단을 치는 소리도 들렸다. 흐느끼는 소리가 있는가 하면, 음정이 제대로 맞지 않는 노랫소리도 있었다. K는 귀를 떼고는 돌기둥을 바라보았다. 그러자 돌기둥은 점차 투명해졌고 마침내 속이 훤히 들여다보였다. 돌기둥 안에는 넓은 초원이 있었다. 푸른 하늘 아래 자리한 초원은 역시 비현실적으로 넓었다. 어디선가 웃음소리가 들려왔다. 한 무리의 소년들이 공을 차며 놀고 있었다. 신기하게도 모두가 똑같은 차림새였다. 모자를 쓰고 낡은 운동화를 신은 차림, K가 보아 왔던 소년의 모습과 똑같았다. 소년들은 놀이에 열

165

중해 있었다. K는 마치 월드컵 경기를 관람하듯 진지하게 소년들의 놀이를 지켜보았다. 특별한 규칙도 없이 그저 공을 따라 여러 명이 몰려다니는 게 전부였지만 조금도 지루하게 느껴지지 않았다. 그때였다. 소년들은 갑자기 놀이를 멈추고 K가 있는 쪽을 바라보았다. K는 소년들의 얼굴을 조금이라도 자세히 보기 위해 얼굴을 가까이 하려 했다. 하지만 그것은 불가능했다. K는 돌기둥을 통해 소년들을 보고 있는 것이었다. 차가운 돌의 촉감이 자신이 처한 처지를 깨닫게 했다. K는 안타까운 듯 손을 휘저었다. 그러자 K의 몸이 마치 물을 통과하듯 돌기둥 안으로 들어갔다. 소년들은 그런 K를 주시했다. K는 소년들을 향하여 걸어가기 시작했다. 그러나 아무리 걸어도 소년들과의 거리는 좀처럼 좁혀지지 않았다. 소년들은 제자리에 선 채 K를 보고 있을 뿐이었지만 거리는 그대로였다. 갑자기 풍경이 변했다. 소년들과 초원이 사라졌다. 그 자리를 커다란 물결이 채웠다. 집채만 한 파도가 K를 향해 다가왔다. 소리를 지르려 했다. 소용없었다. 파도가 그의 입을 막아 버렸다…….

눈을 뜬 K는 자신이 방바닥에 누워 있다는 사실을 깨달았다. 꿈을 꾼 것이었을까? 아니었다. K가 겪은 일은 그저 개꿈으로 치부하기에는 너무나도 현실적이었다. 손끝에는 아직까지도 차가운 돌기둥의 촉감이 남아 있는 듯했다. 생명을 위협하듯 다가오던 파도 또한 마찬가지였다. 꿈이라면 그렇듯 생생하게 다가올 수가 없었다. 그러나 꿈이 아니라고 말할 수도 없었다. K는 혼란스러웠다. 자신이 점차 미쳐 가고 있는 것은 아닐까 하는 생각을 떨쳐 버릴 수 없었다. 아내가 자신의 곁을 떠나고, 자신이 세력 다툼의 희생자가 된 것, 그것은 그러한 자신의 상태를 사람들이 정확히 짐작했기 때문일 터였다. 여직원 또한 K의 그러한 빈틈을 정확히 파고든 것이었다. K는 일어나 책장에 꽂혀 있던 책들을 모조리 빼냈다. 책들은 비명을 지르며 추락했다. 순식간에 방 안에는 거대한 책의 무덤이 만들어졌다. 라이터를 찾아 온 집 안을 헤매던 K는 불을 붙이기 직전에야 자신이 무슨 짓을 하려는지를 깨달았다. 안 될 일이었다. 그래서는 안 되었다. K는 벽에 기대앉았다. 조금씩 자신의 마음이 진정되는 것을 느꼈다. 다행이라면 다행이었다. 이미 모든 것을 잃은 마당에 광기가 원하는 대로 끌려 다닐 수는 없었다. K는 머리를 감싸 쥐었다. 자신이 보았던 초원, 그리고 그곳에서 놀던 소년들을 생각했다. K는 주먹을 불끈 쥐었다. 소년들, 그 비현실적인 소년들이 자신을 살릴 수 있는 열쇠를 쥐고 있는 것 같았다. 무슨 수를 써서라도 그들을 다시 만나야 했다. 그들이 자신에게 건네려 하는 말을 들어야 했다. 그것만

이 K가 살길이었다.

　그 뒤로 며칠 동안 똑같은 일이 계속되었다. 벽에 기대 눈을 감고 정신을 집중하면 소년이 나타나 K를 지하로 이끌었다. 비명 소리가 들리면 소년은 사라졌고, K 앞에는 철문, 복도, 돌기둥이 나타났다. 돌기둥을 통과했다 싶으면 파도가 덮치고 정신을 잃었다. 정신을 되찾은 K가 마주한 것은 거대한 책의 무덤이었다. 아, 한때는 자부심이었지만 지금은 그저 종이 무덤에 불과한 더미만이 K를 맞았다. 책 속에 길이 있다는 말은 거짓이었다. 쉬지 않고 책을 읽어 왔던 K의 머릿속은 백치와 다를 바 없었다. K는 휘청거리며 자리에서 일어났다. 어지럼증이 밀려왔다. 자신이 죽을지도 모른다는 생각이 들었다. 고통스럽지는 않았다. 어쩌면 소년들에게 닿을 수 있는 유일한 방법일 수도 있었다. 무겁고 초라한 몸이 없다면 K의 영혼은 집채만 한 파도를 넘어 소년들 곁으로 날아갈 텐데. K는 주방에서 식칼을 들었다. 간단한 일이었다. 목을 슬쩍 건드리기만 해도 영혼은 자유를 얻을 것이다. 머리 한 구석에서 그래, 하고 외치는 소리가 들렸다. 육체라는 허물을 벗어 버리고 영혼을 진정한 해탈의 세계에 이르도록 하는 일, 윤회의 업보에서 벗어나도록 하는 일, 그것이 네가 이승에서 해야 할 일의 전부야. 반대의 소리 또한 만만치 않았다. 니체의 삶을 생각해 봤나? 자아의 광기에 빠져 결국 세상과의 인연을 끊고 만 인간. 그건 다만 미친 삶일 뿐 아무것도 아냐, 신이 죽은 게 아니라 미친 놈 하나가 죽은 거지. 어느 쪽 의견에도 선뜻 손을 들어 주기가 어려웠다. 두 의견 모두 매혹적이었지만 위험하기도 했다. 삶은 양자택일은 아니었다. 하나를 선택하고 다른 하나를 버리는 것은 삶을 사는 방식으로는 적합하지 않았다. K는 식칼을 놓고는 짐승처럼 울부짖었다. K는 늑대처럼, 혹은 똥개처럼 으허으허 소리 질렀다. 그러다가 쓰러져 잠이 들었다.

누군가가 K의 몸을 흔들어 깨웠다. 여직원이었다. 여직원은 K의 얼굴을 보고 깜짝 놀라는 표정을 지었다. K는 위악적이 되고 싶었다. K는 짓궂게 웃으며 마녀라도 되느냐고 물으려 했다. 의도와는 달리 말이 나오지 않았다. 뇌졸중 환자처럼 입을 떨며 불명확한 발음을 내뱉었을 뿐이었다. 여직원이 울먹이며 도대체 어떻게 된 거냐고 물었다. K는 몸을 돌려 벽을 바라보았다. 소년이 있었다. 소년은 K와 여직원을 보고 있었다. K는 벌떡 일어나 벽 앞에 섰다. 그 사이 소년은 사라졌다. K는 서둘러 눈을 감았다. 아무런 일도 일어나지 않았다. 보이는 것은 그저 검은 어두움이었을 뿐, 철문도, 복도도, 돌기둥도 없었다. K는 그 자리에 주저앉았다.

여직원이 다가와 K의 손을 잡았다. K는 손을 뿌리치며 저 벽 속의 소년이 보이지 않느냐고 외쳤다. 열세 살쯤 먹은, 모자를 쓰고 낡은 운동화를 신은 저 저주받은 소년이 보이지 않느냐고 외쳤다. 여직원이 나지막한 목소리로 말했다. 난 아무것도 볼 수 없어요, 하지만 나도 느낄 수는 있다고요.

K는 고개를 들어 여직원을 보았다. 아니, 여직원 옆에 선 소년과 여직원을 함께 보았다. K는 소년을 보고 여직원을 보았다. 여직원은 고개를 숙인 채 몸을 떨었다. K는 손을 뻗어 여직원의 어깨에 손을 대려 했다. 그러나 K의 손은 여직원의 몸에 닿지 않았다. 코앞에 있는 셈이었으나 아무리 손을 뻗어도 닿지 않았다. K는 그대로 정신을 잃었다.

K가 다시 깨어났을 때 여직원은 여전히 그의 집에 있었다. K가 눈을 뜬 것을 확인한 여직원은 주방으로 가 무엇인가를 가져왔다. 죽이었다. K는 죽을 좋아하지 않았다. 그러나 여직원이 내미는 손길은 꽤나 완고해서 거절할 용기가 생기지 않았다. K는 천천히 죽을 먹었다. 이럴 수가. 죽은, 맛있었다. K는 조금 더 빠르게 죽을 먹었다. 입에서는 후루룩 소리까지 났다. 여직원의 시선이 느껴졌지만 개의치 않았다. 죽을 먹을수록 더 허기가 졌고, 허기가 졌으므로 계속해서 죽을 먹었다. K는 죽의 마법에 걸린 사

람처럼 먹고, 또 먹었다. 마침내 그릇의 밑바닥이 보였을 때 K는 트림을 했다. 여직원이 미소를 보였고, 그 미소에 K는 자신이 처한 상황을 알아차렸다. K는 옷소매로 입을 문지른 후 왜 아직도 자신의 집에 머무르고 있는지를 물었다. 여직원은 고개를 끄덕였다. 그건 질문에 대한 온전한 답이 아니었다. K는 오 엑스 퀴즈를 낸 게 아니었다. K가 대답의 부적절함을 지적하려고 입을 연 순간 여직원이 선수를 쳤다. 이 집에 조금 더 머물고 싶어요.

K는 여직원의 얼굴을 바라보았다. 여직원과 말이 잘 통한다고 믿었던 시절이 있었다. 밤새 이야기를 나누었으면 좋겠다고 생각했던 시절이 있었다. 그건 다 과거의 일이었다. 그리 오래전의 일은 아니었지만 아무튼 그 시절은 이미 흘러가 버린 강물이었다. K는 돌아가라고 했다. 자신 또한 곧 떠날 것이니 이 집에 머무는 것은 의미 없는 일이라고 말했다. 여직원은 고개를 저으며 K가 있는 곳에 함께 머물고 싶다고 했다. K는 여직원의 얼굴을 똑바로 보았다. 여직원은 고개를 살짝 돌려 K의 시선을 외면했다. K는 더 따지려다가 말았다. 여직원의 말은 우격다짐에 가까웠다. K는 내버려 두기로 했다. 피곤한 심신으로 우격다짐을 상대하기란 쉽지 않은 일일 게 분명했으므로. K는 벽에 기대앉아 창밖을 보았다. 보이는 건 앞 동밖에 없었다. 그 적막한 풍경에 여직원의 목소

리가 끼어들었다. 부모님은 안 계세요. 7년 전에 교통사고를 당해 세상을 떠나셨거든요. 그 뒤로는 큰아버지 집에 살았어요. 그러니까 7년 동안. 이제 그만할래요. 은혜는 다 갚은 셈이니까요.

여직원의 말은 그것으로 끝이었다. 논리와는 거리가 있는 자기 고백인 셈이어서 궁금증이 해소되기보다는 증폭되었을 뿐이었다. 그러나 K는 그 점을 추궁하지 않기로 했다. 처음부터 느낀 것이었지만 여직원에게는 어쩐지 K와 비슷한 구석이 있었다. 그것은 성격이나 취미의 유사함과는 좀 달랐다. 꼬집어 말할 수는 없지만 가슴 깊은 곳에서 무엇인가를 공유하는 것 같은 느낌이랄까? 거기다가 어차피 벼랑 끝이었다. 더 이상 잃고 말고 할 것도 없었다. K는 머물고 싶으면 얼마든지 머물라고 결론을 내려 줬다.

K는 여직원과 함께 맥주를 마셨다. 대화 없이 마시는 맥주라 생각보다 빠르게 동이 났다. K는 그만 마실 것인지 나가서 맥주를 사 올 것인지 고민했다. 더 마시고 싶긴 했지만 벽에서 등을 떼는 것조차도 귀찮았다. K는 자신의 신세가 참 개 같다는 생각이 들었다. 학창 시절의 전도유망함은 다 어디로 사라져 버리고 엉망진창이 된 아파트 벽에 기대 맥주를 더 마실 것인지 그만 마실 것인지 하는 문제로 고민하는 신세가 되었는지 알다가도 모르겠다는 생각이 들었다. 설상가상이랄까, 눈물이 흘렀다. K는 손바

닥으로 눈을 문질렀다. 손을 내리다가 여직원과 마주쳤다. K는 소년을 죽이고 싶다고 소리를 질렀다. 여직원은 아무 말도 하지 않았다. 그저 맥주병을 들어 입에 가져갔다. 그러나 여직원의 맥주 또한 떨어진 지 이미 오래였다. 여직원은 고개를 저었다. 그러고는 이야기를 시작했다. 그 이야기란 바로 여직원이 꾸었던 꿈이었다.

여직원은 큰아버지 집에서 매일 밤 같은 꿈을 꾸었다. 꿈속에서 여직원은 늘 사막 한가운데를 걸었다. 강렬한 햇살이 사막을 무차별 폭격했다. 한 점 그늘도 없었다. 여직원은 목이 몹시 말랐다. 그러나 물병은 텅 빈 지 오래였다. 여직원은 이대로 가다가는 자신이 죽을 수밖에 없다는 사실을 깨달았다. 목이 타들어 가는 그 순간 마을이 보였다. 신기루일 가능성이 높았기에 여직원은 눈을 비빈 후 다시 보았다. 신기루가 아닌 실제의 마을이었다. 여직원은 한달음에 마을 입구까지 내달렸다. 길을 오가는 흰옷 입은 사람들의 모습이 눈에 들어왔다. 도움을 청하려는데 무엇인가가 여직원의 앞을 가로막았다. 거대한 전갈이었다. 여직원 신장의 서너 배, 아니, 수십 배, 아니 수백 배, 아니 수천 배는 족히 되는 비현실적인 크기의 전갈이 역시 비현실적인 크기의 집게를 검처럼 휘둘렀다. 전갈의 등장과 함께 태양은 빛을 잃었다. 주위는

173

서서히 어두워지더니 마침내 전갈 말고는 아무것도 보이지 않게 되었다. 여직원은 극심한 공포를 느꼈다. 목이 타들어 갔지만 지금은 육신의 보전이 우선이었다. 그러나 여직원의 몸은 의지와는 달리 말을 듣지 않았다. 전갈은 집게를 여직원의 머리에 댔다. 여직원은 배 끝에 달려 있는 뾰족한 독침이 자신을 향해 다가오는 것을 보았다. 독자적인 생명체인 것처럼 으흐 웃으며 독침이 다가오는 것을 보았다. 독침이 이마를 찌르려는 순간 잠에서 깨어났다. 그러한 꿈이 매일 밤 계속되었다. 상황이 그러하니 여직원의 얼굴이 피폐해 보이는 건 당연했다. 큰어머니는 무슨 일이라도 있느냐고 물었지만 꿈 이야기를 꺼낼 수는 없는 일이었다. 그래서 그냥 좀 피곤한 것뿐이라고 발뺌했다. 여직원은 K에게 이렇게 말했다. 그 당시 전 고등학생이었어요. 하지만 주위에 도움을 청할 만큼 어리석지는 않았어요. 결국엔 제가 해결해야 할 일이었거든요.

여직원은 K가 그랬던 것처럼 그림을 그려 보기로 했다. 자신이 보았던 마을과 그 마을을 가로막고 서 있는 전갈을 그리자 꿈속에서 느꼈던 두려움이 엄습해 왔다. 그 순간 여직원은 어떻게 했던가? 책상 위에 있던 가위를 가져와 자신이 그린 그림을 마구 찔렀다. 피가 났다. 여직원의 손에서 나는 피가 아니었다. 그림 속

174

에서 솟구치는 피였다. 여직원은 깜짝 놀라 그림을 보았다. 자신이 그렸던 전갈이, 분명 서 있는 것으로 그렸던 전갈이 사라지고 없었다. 그날 밤 여직원은 그림 속의 전갈을 찔렀던 가위를 들고 잠자리에 들었다. 신기하게도 더 이상 전갈은 나타나지 않았다. 전갈뿐만이 아니었다. 사막을 헤매는 꿈 자체가 사라졌다. 여직원은 마침내 자신을 괴롭히던 꿈에서 해방되었던 것이었다. 여직원은 자신이 비록 유식한 사람은 아니지만 K가 말하는 소년에 대해 약간은 이해할 것도 같다고 했다. 그것은 아마도 K의 무의식 깊은 곳에서 거주하고 있는 원형일 거라고 했다. 원형이란 꽤 까다로운 것이어서 다루기에 따라 K의 생애에 긍정적인 영향을 줄 수도 있고, 부정적인 영향을 줄 수도 있다고 했다. 어느 쪽인지 알기 위해서는 부딪혀 보는 수밖에 없다고 했다. 여직원의 말은 그럴 듯했다. 그래서 K는 고개를 크게 끄덕였다. 여직원은 자신이 도와주겠다고 했다. 방법은 모르지만 자신이 할 수 있는 최선을 다해 도와주겠다고 했다. 여직원의 말은 그럴 듯했다. 그래서 K는 다시 한 번 고개를 크게 끄덕였다.

소년이 다시 나타난 것은 여직원이 K의 집에 머문 지 삼 일이 지났을 때였다. K가 소리를 지르자 여직원은 다가와 손을 잡았다. K는 정신을 집중했다. 소년을 따라 지하로 들어갔고, 철문과 복도, 돌기둥을 통과했다. 소년들은 놀이를 멈추고 K를 주시했다. K는 소년들에게 다가가려 애썼지만 거리는 좁혀지지 않았다. 갑자기 풍경이 변했다. 소년들이 사라진 자리를 커다란 물결이 채웠다. 예의 집채만 한 파도가 다가왔다. K는 소리를 지르려 했지만 파도가 더 빨랐다. 파도가 덮쳤지만 K는 현실로 귀환하지 못했다. 처음 겪는 상황에 K는 팔다리를 마구 휘두르며 허우적거렸다. 물은 무자비했다. K의 숨구멍을 막았고 감각을 빼앗았다. 이제 죽었구나 싶은 순간 비린내가 났다. 눈을 떴다. K의 몸집의 서너 배, 아니 수십 배, 아니 수백 배, 아니 수천 배는 족히 되는 비현실적인 검은 물고기가 앞을 가로막았다. 이리저리 꿈틀대는 걸로 보아 살아 있는 것이 분명한데도 비린내가 났다. 썩은, 아니 삭은 생선 냄새가 났다. 그러나 냄새에 신경 쓸 여유는 없었다. 가슴이 터질 것만 같았다. 숨을 쉴 수 없는 K는 곧 죽을 것이었다. K는 마지막 발악을 하듯 손을 마구 휘둘렀다. 물고기가 사람 같은 비명을 질렀다. 이럴 수가. K의 손에는 지팡이가 있었다. K가 지팡이를 계속 휘두르자 물고기는 바람 빠진 풍선처럼 점점 작아지더니 마침내 사라졌다. 물고기는 물리쳤지만 K는 아직 위기를 극복하지 못했다. K는 더 참지 못하고 입을 벌렸다. 그런데 K의 입속에서 토사물이 쏟아져 나왔다. 토사물은 방금 사라졌던 물고기처럼 검은색이었다. 토사물은 순식간에 작은 산을 이루었다. K는 자신이 만든 작은 산에 기어올랐다. 더럽고 냄새 나는 인공 산에 기를 쓰고 기어올랐다. 기어오르는 도중 생각 하나가 머리를 스쳤다. 이와 비슷한 경험을 한 적이 있다는 생각이었다. 그러나 언제 어디서였는지는 떠오르지 않았다. K는 물에 빠진 경험이 단 한 번도 없었으므로 기억이 떠오르지 않는 것은 어쩌면 당연한 일이었다. 그 와중에도 K는 논리를 발휘하려 애를 썼다. 그러다 깨달은 것 하나, 어쩌면, 어쩌면 K는 다른 이의 기억을 대신 체험하고 있는 것인지도 모른다는 비논리적인 생각 하나. 그러다 K는 잠깐 정신을 잃었다. 짧은 기절 끝에 다시 깨어난 K는 푸른 초원에 서 있었다. 소년들이 보였다. 소년 중 한 명이 다가와 부드러운 목소리로 물었다. 소년은 이렇게 물었다. 지팡이는 어디서 얻었지?

K는 지팡이를 쥔 손에 힘을 주며 어디서 얻었는지는 자신도 모른다고 대답했다. 소년은 이곳에서는 더 이상 지팡이 같은 도구는 필요 없으니 자신에게 넘기라고 요구했다. 그래야만 자신들과 함께 이곳에서 영원히 거주할 수 있다는 것이었다. K는 소년들이 서 있는 곳을 보았다. 끝을 알 수 없는 초원, 멀리서 들리는 양들의 울음소리가 아늑한 느낌을 더했다. 하지만 지팡이를 넘기기는 싫었다. 특별한 이유가 있어서는 아니었다. 그저 K의 손에 꼭

177

들어오는 그 느낌이 좋았기 때문이었다. 소년이 K의 마음을 눈치 챈 것 같았다. 소년과 K의 문답을 지켜보기만 하던 다른 소년들이 달려들었다. 소년들은 K의 머리며, 몸이며, 손발을 마구 걷어 찼다. 한 대 얻어맞을 때마다 숨이 멎는 고통이 엄습했다. 그러나 K는 결코 지팡이를 놓지 않았다. 소년들이 빼앗으려는 마음이 강하면 강할수록 K가 지팡이를 지키려는 마음 또한 커지는 것 같았다. K는 자신의 몸 안에서 자신도 몰랐던 활력이 솟아나는 것을 느꼈다. 전에는 한 번도 느껴 보지 못했던 감각이었다. K는 더 이상 소년들의 발길질을 피하기 위해 몸을 움츠리지 않았다. K가 똑바로 서자 소년들은 당황한 표정을 지었다. 소년들은 K의 몸에서 손을 뗐다. 뒷걸음질 치던 소년들이 조금씩 멀어지더니 갑자기 사라졌다. 소년들이 사라지자 초원도 사라졌다. 대신 어둠 속에서 밝게 빛나는 비현실적인 원기둥이 K의 앞에 나타났다. 기둥 앞에는 계단이 있었다. K는 자신이 몹시 지쳐 있다는 사실을 깨달았다. 그래서 지팡이를 짚고 천천히, 천천히 계단을 올랐다. 힘겹게 계단을 다 오르자 의자 하나가 보였다. K가 초등학교 다닐 때 앉았던 작은 나무 의자였다. 너무 작아 부서질 것만 같은 의자였다. K는 잠시 고민하다가 의자에 앉았다. 의자는 의외로 K의 몸에 딱 맞았을 뿐만 아니라 쿠션이라도 깔린 것처럼 부드럽기까지

했다. 주변이 밝아졌다. K는 지팡이를 쥔 손에 힘을 주고는 자신의 눈앞에 펼쳐진 광경을 바라보았다.

K는 아파트를 아내에게 넘기고 작은 빌라를 얻었다. 생활은 단순하다. 집 안에 틀어박혀 하루 종일 글을 쓴다. 그러다 지치면 밖으로 나와 주변을 걷는다. 아니 다시 말해야겠다. 글을 쓴 것이 아니라 글을 쓰려고 노력한다. K는 아침에 일어나면 곧바로 책상 앞에 앉아 연필을 든다. 그러고는 소년, 이라는 단어를 쓴다. K는 자신에게 일어났던, 아니 일어났다고 믿어지는 일을 쓴다. 그러나 글쓰기는 오래 이어지지 않는다. 때로는 몇 줄로 끝났고, 운 좋은 날이라도 한 장을 넘기는 일은 없었다. 글쓰기가 힘들어지면 K는 소리 내어 스스로에게 묻는다. 소년은 도대체 누구였을까? 소년은 왜 내게 나타났을까?

질문은 질문이나 쉽게 답할 수 있는 질문은 아니다. 예전의 K였다면 연필을 집어 던졌을 것이다. 부당함이라는 단어를 떠올리며 소리 지르고 물건을 다 부수었을 것이었다. 지금은 아니다. K에겐 시간이 많다. 하루 종일 멍하니 책상 앞에 앉아 있다고 해도 뭐라 할 사람은 없다. 질책커녕 격려하는 이가 하나 있을 뿐이다. 짧으면 몇 줄, 길면 한 장도 안 되는 결과물에 박수치고 기뻐하니 진정한 친구라고 부를 만한 사람이다. 글을 쓰지 못하는 글쓰기에 지치면 책을 펼치곤 한다. 길에 관한 지혜를 담은 보르헤스의 그 작은 책 말이다. 아, 책이라는 단어는 다른 단어로 대체하는 게 옳을 것 같다. 종이 뭉치, 혹은 쓰레기라 부르는 게 더 옳을 것만 같다. K가 빌라로 옮기기 위해 짐을 싸던 중이었다. 책을 정리하는 일을 도와주던 여직원이 비명을 질렀다. K가 고개를 들자 여직원은 책 한 권을 던졌다. 엉겁결에 책을 받아 든 K는 깜짝 놀랐다. 책은 흠뻑 젖었다. 건조한 책장에서 유일하게 흠뻑 젖었다. K는 버릴 것인지, 말 것인지 잠시 고민했다. 책으로서의 효용 가치는 없었으나 버리고 싶지는 않았다. 소년이 언제 또 다시 나타날지는 아무도 모르는 일이었으므로. 그래서 수건으로 물기를 대충 닦은 뒤 가방 안에 넣었다.

여직원은 사나흘에 한 번쯤 K를 찾아온다. 제집인 양 비밀번호를 누르고 들어와서는 냉장고를 열어 맥주를 꺼내 마신다. 한번은 여직원이 K에게 물은 적이 있다. 그때 그 의자에서 본 풍경이 도대체 뭐예요?

K는 자신이 본 것을 떠올린다. 그러나 그 광경을 입 밖에 내지는 않기로 한다. 아니, 정확히 말하면 그 광경은 말로 할 수 있는 게 아니라 글로 쓸 수 있는 무엇이다. 그러나 K는 아직 제대로 글

을 쓰지 못한다. 그러므로 K가 그 광경을 여직원에게 전할 방법
은 없다. 하여 K는 지팡이를 잡듯 여직원의 손을 잡는다. 그러고
는 함께 창밖을 본다.

다시
학교
에서

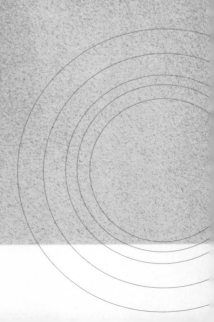

모교 강연은 흔치 않은 기회였기에 선뜻 응했다. 결론부터 말하자면 다른 강연과 다를 바 없었다. 아니, 그건 사실이 아니었다. 퇴락의 징조가 완연한 구도심을 벗어나지 못한 학교엔 무기력의 기운이 완연했고, 그 무기력은 후배들의 어깨에서 나무늘보처럼 나른한 잠을 청했다. 강연 내내 머릿속에 감돌던 그 한마디, 난 너희의 선배야, 라는 그 짧은 문장 하나를 K가 끝내 내뱉지 못한 것도 그 때문이었다. 혹여 그 말을 끄집어냈으면 어떻게 되었을까? K가 후배였다면 당장에 되물었을 것이다. 그래서요?

학생들의 일관된 무반응에 젊은 선생도 조금 민망했던 모양인지 차 한잔을 권했다. K 또한 찜찜했던 게 사실이라, 게다가 정서의 흔들림 또한 희미하게나마 존재했던 터라, 강연 후 즉시 귀가라는 평소의 원칙을 깨고 제안을 수락했다. 선생의 뒤를 따라 교무실로 들어서는 순간 옛 본능이 튀어나오는 바람에 멈칫했다. 그러나 K는 더 이상 학생이 아니었다. 교무실 문턱에서 두려워할 이유는 전혀 없었으므로 이내 무심한 표정으로 위장하고 안을 둘러보았다. 교무실 또한 나른하긴 마찬가지였다. 후배들의 무기력이 어디에서 기원했는지 알 것 같았다. 선생은 오설록 티백을 넣은 차를 권하며 학교가 처한 상황을 설명했다. 예측 가능한 답변이었다. 다리 하나만 건너면 강남이라 떠날 사람은 다 떠났다는, 예전에는 제법 괜찮은 학교였으나—이 대목에선 K의 얼굴이 괜히 상기되었다.—지금은 그저 명맥만 유지하고 있다는, 4년제 대학 진학률도 해마다 떨어진다는, 뭐 그런 식의 이야기였다. K가 갑자기 J선생의 이름을 꺼낸 건 처음 보는 작가에게 너무 많은 이야기를 두서없이 내민 게 아닌가 하는 후회의 감정이 말을 마친 젊은 선생의 이마를 살짝 실룩이게 했을 때였다. J선생요? 생물 가르치시던? 이번엔 K가 이마를 실룩일 차례였다. 후회가 아닌 놀람으로. 아직도 계신가요? 나이가……. 선생은 황급히 손을 내저으며 말했다. 퇴임한 지 10년도 넘으셨지요. 그런데 어떻게……. K는 고개를 살짝 끄덕이곤 고해 성사하듯 비밀을 고백했다. 저도 이 학교 출신이에요. J선생은 고3 때 담임이었고요. 선생은 크라운을 씌운 어금니가 보일 정도로 입을 크게 벌렸다가

185

다시 다물었다. 그러고는 불쑥 내민 제안 하나. 교실 한번 보실래
요?

 선생은 교실 문을 열며 말했다. 선배님이 7, 8반이 아닌 2반이
었던 게 다행이네요. 지금은 한 학년에 네 학급밖에 없거든요. 갑
작스럽게 튀어나온 '선배'라는 단어에 잠깐 놀랐던 K는 미소로
응대한 뒤 교실을 둘러보았다. 별다른 느낌은 없었다. 그저 교실
이 넓어졌다는 기분이 들었을 뿐이다. 줄어든 책걸상의 숫자 때
문일 터였다. 61명이었던 학생 수는 어림짐작으로 계산해 볼 때
30명 내외였다. 젊은 선생은 뭐라 말하려다 말고 싱긋 웃은 뒤 창
밖을 보았다. K는 제일 뒷줄 의자를 빼내어 앉았다. 미묘한 감정
이 솟구치는 것을 느꼈고 이내 칠판, 아니 화이트보드에 투사된
과거를 보았다. J선생이 오른손에 든 출석부를 교탁에 탁탁 쳤다.
웅성거리던 학생들이 조용해진 건 출석부 때문이 아니라 왼손
의 지시봉—명칭은 지시봉이나 실상은 무기인—때문이었다. K
는 벌 받듯 꼼짝 않고 있는 학생들의 뒤통수를 바라보았다. 뒤통
수를 바라보면서 그 뒤통수에 어울리는 얼굴을 기억하려 애를 썼
다. 대여섯 명의 얼굴은 이내 떠올랐다. 둘은 지금도 만나는 이들
이라 반사적으로 떠올랐고, 나머지 서넛은 소문난 장난꾼, 호색

한, 전교 1등, 야구부라 약간의 시차를 두고 떠올랐다. 그리고 숨을 헐떡이며 합류한 두 명의 얼굴! 지금은 더 이상 이 세상에 없는 두 명의 얼굴! 한 명은 K의 짝이었다. 백 미터 달리기에서 K에게 뒤진 후론 하루에 한 번은 꼭 그 이야기를 꺼냈던 아이를 저 세상으로 데려간 건 백혈병이었다. 다른 한 명은 스스로 자신의 운명을 결정했다. 아니, 그랬다고 들었을 뿐이다. 존재감이 거의 없었던 그 한 명은 그 사건으로 K의 기억에 평생 한 자리를 차지하게 되었다. 여섯에 둘을 더해도 여덟이었다. 거기에 K를 더해도 아홉이었다. 52개에 달하는 뒤통수의 주인공은 오리무중이었다. 저 뒤통수들은 지금 어디에서 무엇을 하고 있을까? 유행가 가사대로 같은 하늘 아래를 걷고 있을까? 아니면 단테가 경험했던 천국, 지옥, 혹은 연옥 여행 중일까? 그도 아니면 에드거 앨런 포의 『도둑맞은 편지』 이론대로 여태도 학교 반경 일 킬로미터 안에 거주하며 무심히 살아가고 있을까? 선생의 한마디가 K를 회상에서 현실로 끌어냈다. J선생, 몇 해 전에 세상을 떠났어요.

K는 아무 말 않고 고개만 끄덕였다. K가 수십 명의 선생들 중 J선생을 콕 짚어 언급했던 건, 그가 싫었기 때문이었다. 서울대 출신인 그는 학생들을 비하하는 발언을 주식으로 삼았고, 박달나무 지시봉을 불만 탈출의 도구로 부렸다. K 또한 어느 날 그 지시봉

187

의 희생양이 되었다. 부끄러웠다. 왜냐면 바지를 내리고 허벅지를 맞은 그날, K는 울었기 때문이었다. 한 번도 아닌, 두 번을 울었기 때문이었다. 맞을 때 한 번, 매질을 끝낸 선생이 바셀린을 발라 줄 때 또 한 번, 울었기 때문이었다. 악연은 그걸로 끝이 아니었다. 학력고사 점수를 받아 든 K는 예상 밖의 점수에 절망한 끝에 의예과가 아닌 생물학과를 지망하기로 했다. 이유는 오직 하나, 커트라인이 낮았기 때문이었다. J선생은 K의 어깨를 툭 치며 내 후배 되겠네, 라고 농을 쳤다. K는 J선생의 후배가 되지 못했다. 느닷없이 생물학과로 학생들이 몰리는 바람에 커트라인은 예상 밖의 고공 점프를 했던 것. 선생이 말했다. J선생은 제 담임이기도 했어요. 그 어떤 기준으로도 좋은 선생은 아니었지요.

답변이 궁해진 K는 흐흠, 하고 웃으며 자리에서 일어났다. 선생은 교문 앞까지 K를 배웅했다. 헤어지기 전엔 과공비례의 예의까지 차렸다. 선배님 글, 참 좋습니다. K는 뒤통수를 긁다 만 손으로 악수를 청했다. 돌아서는 '후배'의 뒤통수를 물끄러미 보는데 노래 하나가 떠올랐다. '어울려 지내던 긴 세월이 지나고 홀로이 외로운 세상으로 나가네~', 하는. 누가 부른 노래인지도 기억나지 않았다. 맥락도 없는 그 노래를 읊조리면서 교사를 보았다. 교사는 낡아 보였다. 조물주가 세게 불면 훅 하고 한 방에 날아갈

듯했다. 교실은 더 위태로우리라. 바람 앞의 등불도 못 되리라. 거친 바다에 뜬 구명정은 더더욱 못 되리라. 살아남는다는 건 더더욱 힘든 일이 되리라.

K는 가래침을 확 뱉었다. 그러곤 돌아서서 세상으로 나아갔다.

나를 찾아가는
징검다리 소설

소년의 고고학

ⓒ 설흔, 2016

초판 인쇄 2016년 7월 20일
초판 발행 2016년 8월 1일

지은이   설흔

펴낸이   황호동
편집   김민경
디자인   민트플라츠 송지연
펴낸곳   (주)생각과느낌
주소   서울시 종로구 평창21길 68, 301호
전화   02-335-7345~6
팩스   02-335-7348
전자우편   tfbooks@naver.com
등록   1998.11.06 제22-1447호

ISBN 978-89-92263-35-1 (43810)

이 도서의 국립중앙도서관 출판예정도서목록(CIP)은 서지정보유통지원시스템 홈페이지(http://seoji.nl.go.kr)와 국
가자료공동목록시스템(http://www.nl.go.kr/kolisnet)에서 이용하실 수 있습니다.(CIP제어번호: CIP2016016284)